Oetinger

Erhard Dietl lebt als freier Schriftsteller und Illustrator in München. Er hat über 100 Kinderbücher veröffentlicht, mit großem nationalem und internationalem Erfolg. Seine Bücher wurden mehrfach ausgezeichnet, u. a. von der »Stiftung Buchkunst«, und mit dem Österreichischen- sowie dem Saarländischen Kinder- und Jugendbuchpreis geehrt. Zu seinen erfolgreichsten Figuren gehören die anarchischen Olchis, die sogar Büchermuffel zum Lesen und Lachen bringen. Auch Erhard Dietls Serie über Gustav Gorky, den Reporter aus dem Weltall, bereitet ihren Lesern großes Vergnügen, und dies ganz besonders den vielen, vielen Olchi-Fans!

Erhard Dietl

Die Olchis und die Teufelshöhle

Verlag Friedrich Oetinger · Hamburg

Mehr über die Olchis in den Kinderbüchern

Die Olchis im Bann des Magiers
Die Olchis fliegen zum Mond
Das geheime Olchi-Experiment
Die Olchis und der karierte Tigerhai
Die Olchis und die grüne Mumie
Die Olchis. Allerhand und mehr (Sammelband)

Muffelfurzfreche Schulanfänger haben viel Freude mit den Olchis in zahlreichen Bänden der Erstlesereihe »Sonne, Mond und Sterne sowie in Beschäftigungsheften und Lernhilfen. Vor, in oder nach der Schule bietet »Das oberolchige Partybuch« coole Tipps zum Feiern. Material für PädagogInnen zum Thema findet sich unter www.vgo-schule.de.

MIX
Papier aus verantwortungsvollen Quellen
FSC
www.fsc.org
FSC® C083411

Einband und farbige Illustrationen von Erhard Dietl
Reproduktion: Domino Medienservice GmbH, Lübeck
Druck und Bindung: CPI – Clausen & Bosse, Leck
Printed 2015
ISBN 978-3-7891-3320-6

www.olchis.de
www.oetinger.de

Inhalt

Was sind eigentlich Olchis?

Es gibt immer noch ein paar Erwachsene, die noch nie etwas von den Olchis gehört haben. Das ist selten, aber es kommt vor.
Vielleicht läuft dir ja mal so jemand über den Weg, und dann kannst du ihm von den Olchis erzählen. Aber pass auf, wo du ihm davon erzählst. Du kannst es beim Spazierengehen machen, im Freibad, beim Autofahren, im Zahnarzt-Wartezimmer oder auch am Telefon. Aber erzähle besser nichts Olchiges beim Frühstück, beim Mittag- oder Abendessen. Solche Momente sind für olchige Geschichten eher ungünstig.
Die Olchis mögen es nämlich, wenn es mieft, muffelt und furzt. Sie waschen sich nie, und wenn sie gähnen, dann stürzen die Fliegen ab und fallen tot auf den Fußboden. So sehr muffeln die Olchis aus dem Mund.
Die kleinen Olchis sind ganz anders als die Menschen. Ihre Nasen sind viel größer, und ihre Haut ist viel grüner. Alles, was wir Menschen wegwerfen, weil wir es nicht mehr brauchen, kommt ihnen gerade recht. Zum Glück werfen wir eine

ganze Menge weg. Auf dem Schmuddelfinger Müllplatz liegen die wunderbarsten Sachen herum.
Daher haben sich die Olchis hier ihre Muffelhöhle gebaut. Sie fischen sich die leckersten Sachen aus dem Müllberg, denn sie haben ständig Hunger und einen gesunden Appetit. Alles, was ranzig und rostig, was vergoren und vergammelt ist, das mögen sie besonders gern. Die Olchis verdrücken alte Schuhsohlen wie Wiener Schnitzel und rostige Nägel wie Gummibärchen. Sie kauen Kieselsteine wie Schokolade und schlürfen lange Schuhbänder wie Spaghetti. Und Olchi-Mama kocht jeden Tag herrliche Gerichte aus schlammigem Moderstampf, krötigem Schuppenwurz und rattigen Fischgräten.
Trotzdem haben Olchis nie Bauchweh. Nur wenn ein Olchi versehentlich etwas Frisches erwischt hat, dann wird er sterbenskrank. Er bekommt bunte Flecken am ganzen Körper, und Olchi-Oma muss ihm dann schnell einen kräftigen Stinkerkuchen backen. Das ist die beste Medizin, damit kriegt sie jeden kranken Olchi wieder hin.
Die Olchis sind bärenstark, sie waschen sich nie, und sie haben eine nette Frisur. Auf ihrem Kopf wachsen drei komische Zapfen, das sind ihre Hörhörner. Mit dem mittleren Hörhorn können sie alle Sprachen der Welt verstehen, was sehr praktisch ist.
Ihr Gehör ist so gut, dass sie auch die Kröten husten, die Ratten rülpsen und die kleinen Mäuse pupsen hören.
Auch die Olchis rülpsen und pupsen gerne lustig durch die

Gegend, und meistens sind sie dabei gut gelaunt. Wenn es regnet, freuen sie sich über die aufgeweichten Müllteile. Sie hüpfen durch die matschigen Pfützen und schleudern sich fette Matschknödel an die Knubbelnasen.
Besonders Olchi-Papa hat es manchmal aber auch gern gemütlich. Er entspannt sich am liebsten in seiner rostigen Badewanne bei einem schönen Müllbad, oder er legt sich direkt in den weichen Schlamm.
Wusstest du, dass auch manche Menschen gern Schlammbäder nehmen? Das haben sie bestimmt den Olchis abgeschaut.

Die Menschen bezahlen sogar Geld dafür, weil sie finden, dass es ihnen guttut und sie davon schöner werden.
Aber bei den Olchis ist das ganz anders, und mit Geld haben sie sowieso nichts am Hut. So etwas kennen und brauchen sie gar nicht.
Wenn sie fröhlich Geburtstag feiern, dann hört man ihre olchigen Lieder laut und schaurig über den Müllberg schallen. Sie haben jede Menge Zeit, denn sie müssen nicht zur Arbeit und nicht in die Schule. Und die Olchi-Kinder bekommen keine schlechten Noten, und beim Essen dürfen sie die Füße auf den Tisch legen. Ist das nicht ein schönes Leben?
Weil sie so ein schönes, gemütliches Leben führen, werden sie steinalt. Olchi-Opa ist bestimmt schon ungefähr neunhundertfünfundachtzig Jahre alt. Vor ein paar Hundert Jahren war er Haifischjäger, Raumfahrer, Taucher und Känguru-Trainer und alles, was ihm sonst noch so einfällt.
Mir fällt jetzt auch etwas ein. Ich will dir eine oberolchige Geschichte erzählen. Aber erst, wenn du mit dem Essen fertig bist. Na ja, du kannst dir Zeit lassen, die Geschichte beginnt erst mal noch gar nicht olchig.

Die Gräfin

Die Gräfin Kreszentia von Wurm und Bakschisch saß auf ihrem feuerroten Samtsofa. Sie trank schwarzen Kaffee und blätterte in einem Katalog mit dem Titel »Neue Ideen aus aller Welt«.

Mit ihrem goldenen Füller füllte sie einen Bestellschein aus. Sie kaufte einen Rasenmäher-Roboter und eine neuartige Wunderwaffe gegen die Maulwürfe im Schlossgarten. Dann entdeckte sie Fußpuder von argentinischen Tangotänzern und bestellte drei Dosen davon, denn ab drei Stück gab es ein wenig Rabatt.

Die Gräfin lächelte zufrieden. Sie nahm die Lesebrille von ihrer langen Nase und klingelte nach Jakob, dem Butler. Der musste wie immer ihren Bestellschein abschicken.

Kreszentia von Wurm und Bakschisch liebte diese praktischen Bestellkataloge, denn sie ging zum Einkaufen nur ungern aus dem Haus. Wenn ihr der Postbote ein Paket brachte, hatte sie meistens längst vergessen, was sie alles bestellt hatte, und so war es jedes Mal eine nette Überraschung. Butler Jakob packte die Pakete aus und verstaute die Sachen irgendwo auf dem Dachboden des Schlosses.

Da waren stapelweise Bettwäsche aus Seide, Panamahüte in allen Größen, Heizdecken für jede Jahreszeit, zierliche Servierwagen und praktische Reisehausschuhe für alle Fälle – obwohl die Gräfin schon lange nicht mehr verreist war.
Gestern war ein Päckchen mit Stuhlsocken angekommen. Stuhlsocken waren kleine Samtüberzüge, die aussahen wie Hundepfoten. Der Butler durfte sie über die Stuhlbeine der Esszimmerstühle ziehen.
»Sieht das nicht putzig aus!«, hatte die Gräfin erfreut gerufen. Und Jakob hatte gedacht: Ja, die sind bestimmt gut gegen Kratzer im Parkett.
Er hatte dennoch besorgt den Kopf geschüttelt. Seiner Meinung nach gab die Gräfin viel zu viel Geld für Krimskrams aus. Dabei war das alte Schloss in ziemlich schlechtem Zustand. Die Wände hätten längst gestrichen werden müssen, und die Fenster waren alt und undicht. Sie sollte ihr Geld doch besser in die Renovierung des Schlosses stecken, dachte der Butler. Aber natürlich sagte er nichts. Butler müssen in jeder Lage höflich, diskret und schweigsam sein.

Eben war Jakob mit dem neuen Bestellschein losgezogen. Die Gräfin nahm ein kleines Tütchen vom Tisch und ging damit hinaus in den Garten, um nach den Hunden zu sehen.
Sie besaß drei prächtige Pudel, einen weißen, den sie

Amor getauft hatte, einen schwarzen namens Pollux und die champagnerfarbene Aphrodite.
»Da seid ihr ja, meine Süßen!«, rief die Gräfin.
Die Pudel begrüßten sie so freudig, als hätten sie ihr Frauchen eine Ewigkeit nicht gesehen.
»Ich muss euch hübsch machen. Wir bekommen heute Besuch«, sagte die Gräfin und fischte drei rote Schleifen aus ihrer Tüte. Die erste befestigte sie an Amors Kopf.
»Schön stillhalten«, sagte sie zu ihm. »Heute kommt unsere kleine Viktoria. Sie wird ihre Ferien hier bei uns verbringen. Ihr müsst schön lieb zu ihr sein.«
Die Pudel wedelten mit ihren kurzen Schwänzen, so als hätten sie jedes Wort verstanden.
»Tja, wir werden sehen«, sagte sie zu den Hunden. »Wir

werden uns Mühe geben, dass es Vicky hier gefällt. Das Kind kann im Garten spielen und sich bestimmt ganz gut selbst beschäftigen. Vicky ist ja inzwischen schon groß.«
Die Gräfin war ein großer Hundefreund, man kann sogar sagen, Hunde waren ihr viel lieber als die Menschen.
In letzter Zeit sah man sie nur selten in der Stadt. Hier im Schloss hatte sie alles, was sie brauchte. Butler Jakob kümmerte sich um den Haushalt, Berta, die Köchin, kannte all ihre Lieblingsspeisen, und Herr Weißbrot, der gut gelaunte Gärtner, pflegte ihr den wunderschönen Garten.
Natürlich bekam sie hin und wieder auch Besuch. Und zweimal im Monat spielte sie Karten mit ein paar alten Freundinnen, die sie seit der Schulzeit kannte.
Doch jetzt stand ein ganz anderer Besuch ins Haus.
Die Gräfin freute sich auf ihre kleine Nichte, aber sie hatte auch Bedenken. Sie war Kinder nämlich überhaupt nicht gewohnt.

Als sie mit den Hunden zurück ins Haus ging, rümpfte sie ihre lange Nase. Da war wieder dieser schreckliche Geruch!
Einen Spaziergang weit vom Schloss entfernt lag nämlich die Schmuddelfinger Müllkippe. Wenn der Wind von Osten kam, vermischte sich der Duft ihrer Lavendel- und Rosenbüsche mit diesem fauligen Lüftchen.
»Was für ein Gestank! Nie werde ich mich daran gewöh-

nen«, sagte die Gräfin ärgerlich. Schnell machte sie die Terrassentür hinter sich zu.
»Kommt, ihr Süßen!«, rief sie dann, und die Hunde folgten ihr ins Pudelzimmer.
Dort hatte jeder ihrer drei Lieblinge ein eigenes Hundesofa. Die weichen Decken darauf waren mit glitzernden Strass-Steinchen verziert, und die Tapeten hatten ein bezauberndes Muster aus kleinen Knochen. Es gab drei kleine Hunde-Himmelbetten, und die Fressnäpfe der Pudel hatten vergoldete Füßchen. Die Gräfin hatte sie erst neulich in einem Hundekatalog entdeckt. Weil sie so edel wirkten, hatte sie sie sofort bestellt.
Die alte Standuhr im Flur schlug fünf Mal: Für die Pudel war es Zeit zum Abendessen, und die Gräfin hatte es gern pünktlich.
Sie servierte ihnen einen leichten Imbiss aus biologischem Hundegebäck.

Vicky kommt an

Pünktlich um halb sechs kam Vicky mit dem Zug am Gammelsberger Bahnhof an.
Gammelsberg war der größere Nachbarort von Schmuddelfing, und Butler Jakob musste Vicky mit dem gräflichen Auto dort abholen und zum Schloss bringen.
Jakob erwartete die Nichte der Gräfin auf dem Bahnsteig. Er erkannte sie sofort an ihren lockigen roten Haaren. Er trug ihr Gepäck zum Auto, und Vicky war froh, denn ihre Tasche war ganz schön schwer. Sie hatte schließlich nicht nur für zwei Wochen Klamotten eingepackt, sondern auch einen kleinen Stapel Bücher, die sie alle in den Ferien lesen wollte.
Als sie im Auto zum Schloss fuhren, kurbelte sie das Fenster nach unten und ließ ihren langen Pferdeschwanz draußen im Wind wehen.
Der Butler drückte die Fernbedienung, und das Tor der Schlossmauer öffnete sich automatisch. Sie fuhren den Kiesweg hoch, direkt vor die Haustür.
Die Gräfin kam ihnen entgegen und rief: »Hallo, Viktoria! Willkommen auf Schloss Teufelseck!«
»Hallo, Tante Kreszentia!«

Vicky hüpfte aus dem Auto. Aus ihrer Reisetasche kramte sie ein Geschenk, das in bunt bemaltes Packpapier gewickelt war.
»Das ist für dich«, sagte sie.
Die Gräfin wickelte das Päckchen gleich aus und fand darin ein geschnitztes Stück Holz. Es war bemalt und an den Seiten mit Federn beklebt. Erstaunt betrachtete sie es von allen Seiten.
»Das ist ein Huhn«, erklärte ihr Vicky. »Ich hab es extra für dich gebastelt.«
»Ein Holzhuhn? Wie originell«, meinte die Gräfin und gab es schnell ihrem Butler, der es zusammen mit Vickys Reisetasche ins Haus trug.
»Na, dann komm mal«, sagte sie. »Als Erstes bekommst du eine kleine Schlossführung. Als du das letzte Mal hier warst, da warst du ja noch fast ein Baby.«
»Ich war drei!«, protestierte Vicky. »Und jetzt bin ich schon achteinhalb.«
»Also gut, meine große Dame, möchten Sie bitte vorausgehen?«, sagte die Gräfin lächelnd.
Vicky staunte, als sie durch die langen Flure schlenderten.
Was für ein prächtiges Schloss! Der alte Parkettboden knarrte zwar bei jedem Schritt, und es roch alt und ungelüftet. Die schweren Vorhänge waren vergilbt, die Türen abgestoßen, und eine der Fensterscheiben hatte einen Sprung. Auch die Tapeten an den Wänden waren

an manchen Stellen verschlissen, doch Vicky fiel das alles gar nicht auf.
»Oh Mann, ist das alles riesig hier!«, rief sie begeistert. Ein mächtiger Kronleuchter hing ein wenig schief im Treppenhaus, und der Flur war mit dicken Teppichen ausgelegt. Vicky konnte nicht anders, als ihre Schuhe

auszuziehen und barfuß zu laufen. Wie weich sich das anfühlte!

»Was tust du da?«, fragte ihre Tante verwundert, denn noch nie war hier im Schloss jemand barfuß herumgelaufen.

Vicky lachte und rannte die lange dunkle Holztreppe hinauf.

Hinter einer hohen Eichentür war das Gästezimmer.

Ein riesiges Doppelbett stand an einer fliederfarbenen Wand, zarte Seidenvorhänge bewegten sich leise im Wind am halb offenen Fenster. Auf einer weißen Kommode stand ein Strauß mit frisch gepflückten Blumen.

»Ich hoffe, es gefällt dir«, sagte die Gräfin.

Am schönsten fand Vicky das Bett. Noch nie hatte sie in einem so großen Bett gelegen. Sie hüpfte darauf herum und kuschelte sich probeweise in die weichen Kissen.

Die Gräfin lächelte und zeigte Vicky noch ein paar andere Zimmer.

Als sie an der Küche vorbeikamen, winkte ihnen die Köchin zu. Vicky fand, dass sie sehr nett aussah.

»Berta wird für dich kochen«, erklärte ihre Tante. »Sie macht die besten Pfannkuchen von ganz Schmuddelfing.«

Sie besichtigten den Garten und den Teich mit den Goldfischen. Drüben bei den Oleanderbüschen trafen sie Herrn Weißbrot, den Gärtner. Er pflückte eine Blume und steckte sie Vicky ins Haar.

Dann kam Jakob mit den Pudeln in den Garten. Die

Hunde flitzten zu ihnen herüber, und Vicky tollte mit ihnen über den Rasen. Die Gräfin freute sich, dass ihre Pudel so einen Spaß mit Vicky hatten.

Als Berta ein wenig später mit dem Abendessen kam, setzten sie sich auf die Terrasse. Es gab Melone und Feigen, gebratene Hühnerschenkel und lauwarmen Schokokuchen mit Himbeeren.

»Schön ist es hier«, sagte Vicky. »Wie im Paradies.«

Die Gräfin knabberte an ihrem Melonenschnitz, rümpfte die Nase und sagte: »Leider stinkt es heute wieder.«

»Was meinst du?«, fragte Vicky. Ihr Schokokuchen duftete himmlisch.

»Dieses faulige Lüftchen«, meinte die Tante. »Merkst du es denn nicht?«

Vicky hob die Nase und schnüffelte wie ein Hund. »Jetzt, wo du es sagst … Es riecht ein bisschen nach Gulli.«

Ihre Tante runzelte die Stirn. »Wenn es so heiß ist wie heute und wenn der Wind ungünstig weht, dann riecht man die Schmuddelfinger Müllkippe.«

»Mich stört es eigentlich nicht so sehr«, meinte Vicky und schob sich ein paar Himbeeren in den Mund.

»Es ist unerträglich«, erklärte die Tante. »Und man muss sich das mal vorstellen: Da auf der Müllkippe wohnt angeblich eine Familie mit drei Kindern.«

»Wieso das denn?«, fragte Vicky erstaunt.

Die Tante schüttelte den Kopf. »Keine Ahnung, wie die

das aushalten. Man spricht in ganz Schmuddelfing über sie. Sie sehen angeblich sehr eigenartig aus. Jakob hat mir von ihnen erzählt. Sie sollen grüne Haut haben und riesengroße Nasen.«
»Na, so was«, wunderte sich Vicky und blickte verstohlen auf Tante Kreszentias lange Nase. Die war auch riesengroß, aber zum Glück nicht grün.
»Wie aufregend«, sagte sie dann. »Kann Jakob mir noch mehr von dieser komischen Familie erzählen?«

Die Gräfin klingelte nach dem Butler.
Jakob kam und schenkte Vicky Limonade nach.
»Erzählen Sie meiner Nichte von den Leuten auf dem Müllberg«, sagte die Gräfin.
Jakob zog die Augenbrauen hoch und räusperte sich.

»Eine siebenköpfige Familie wohnt dort in einer Höhle. Sie nennen sich Olchis, angeblich sind sie bärenstark. Schon ihre Kinder können Eisenstangen verbiegen und tonnenschwere Autoreifen durch die Luft schleudern wie Gummibälle.«

»Ach, du meine Güte!« Vicky kicherte.

»Sie sind so grün wie Spinat«, fuhr der Butler fort. »Sie haben Hörner auf dem Kopf wie kleine Teufel, und manchmal sieht man sie in Matschpfützen herumhüpfen. Wenn sie Hunger haben, essen sie Abfall und Müll.«

»Warum haben sie denn nichts Besseres?«, fragte Vicky erschrocken und schnippelte sich ein Stück Fleisch von ihrem Hühnerschenkel.

Jakob erklärte es ihr: »Man sagt, diese Olchis mögen das so. Sie essen am liebsten Glas und Blech und Steine und …«

»... und dann kriegen sie Bauchweh und fallen auf der Stelle tot um«, unterbrach ihn Vicky.

»Nein, ganz im Gegenteil«, sagte der Butler. »Es gibt Leute in Schmuddelfing, die haben es mit eigenen Augen gesehen und … äh … gerochen. Diese Grünlinge muffeln nämlich so entsetzlich, dass die Fliegen abstürzen und …«

»Genug, Jakob!«, rief die Gräfin aus. »Schluss jetzt mit diesen ekligen Geschichten! Darüber sollte man beim Essen nicht sprechen.«

»Lass ihn doch, ich finde das spannend«, widersprach ihr

Vicky. »Vielleicht stimmt es ja, was Jakob sagt. Ich will diese Olchis unbedingt auch mal sehen.«
»Auf gar keinen Fall!«, rief die Gräfin. »Du solltest das Schloss gar nicht allein verlassen. Und du wirst dich auf jeden Fall von dieser Müllkippe fernhalten!« Ihre Stimme klang auf einmal sehr streng. »Ich möchte, dass du hier im Haus oder im Garten bleibst. Hier kannst du doch wunderschön spielen.«
Vicky fragte erschrocken: »Was? Ich darf hier die ganze Zeit nicht raus?«
»Natürlich darfst du auch Ausflüge machen«, beruhigte die Gräfin sie. »Jakob wird dich gern mit dem Wagen herumfahren, wenn du das möchtest.«
Ach, du liebes bisschen!, dachte Vicky. Das konnte ja heiter werden. Einen Moment lang bereute sie fast, dass sie gekommen war. Doch sie ließ sich nichts anmerken, blieb ganz ruhig und sagte: »Na gut. Könnte ich bitte noch ein Stück Kuchen haben?«
Jakobs Geschichte hatte sie sehr neugierig gemacht. Sie musste unbedingt erfahren, was dahintersteckte und ob es diese Olchis tatsächlich gab.

Gar kein so übler Tag

Am nächsten Morgen spielte Vicky mit den Pudeln. Als es Zeit war, durfte sie ihnen sogar das Futter in die vergoldeten Näpfe füllen.
Dann spielte sie mit Tante Kreszentia Karten und gewann fast jedes Mal.
Die Gräfin schüttelte den Kopf und sagte: »Na, so etwas! Was bist du nur für ein gescheites Kind!«
Später schaute Vicky Berta in der Küche beim Kochen zu, und die Köchin zeigte ihr, wie man Pfannkuchenteig machte.
Vickys erster selbst gemachter Pfannkuchen schmeckte leider ein bisschen verbrannt, doch Berta lobte ihn trotzdem.
»Kennst du eigentlich auch die Olchis?«, fragte Vicky die Köchin.
»Nein«, sagte Berta. »Hab noch nie davon gehört. Was soll denn das sein?«
Dann kam Herr Zeiselmeier, der Hundefriseur. Er war seit Jahren für die Pflege der gräflichen Pudel zuständig und schnitt ihnen das Fell schön pudelig, genau wie die Gräfin es wünschte.

Herr Zeiselmeier wusch die Hunde in der Hundebadewanne. Er föhnte sie trocken und parfümierte sie mit einem Hauch Lavendelduft.
»Meine Lieblinge müssen perfekt sein«, sagte die Gräfin. »Nächsten Sonntag ist in Schmuddelfing die große Hundeausstellung. Die schönsten Hunde werden prämiert, und meine Süßen werden bestimmt den ersten Preis gewinnen.«
»Ganz sicher werden sie das, Madam«, sagte Herr Zeiselmeier. Er sagte immer Madam zur Gräfin, weil er das so schön vornehm fand.
»Wir sollten ihnen das Fell rosa färben«, schlug die Gräfin vor. »In einem Katalog habe ich rosa Färbeshampoo für Haustiere entdeckt.«
Doch Vicky protestierte lautstark, und auch Herr Zeiselmeier hielt das für keine gute Idee.
Als er gerade gehen wollte, fragte ihn Vicky schnell, ob er schon mal etwas von den Olchis gehört habe. Der Hundefriseur überlegte kurz. »Das sind doch diese kleinen Stinkeriche von der Müllkippe«, sagte er. »Diese Leute sind nun wirklich gar nicht mein Niveau.«

Später half Vicky dem Gärtner beim Schneiden der Büsche.
Herr Weißbrot gab ihr einen Rechen und einen Strohhut, und Vicky sah aus wie eine richtige Gärtnerin. Gemeinsam schnippelten sie an den Zweigen herum.

»Kennen Sie eigentlich die Olchis?«, fragte Vicky Herrn Weißbrot.
Doch der schüttelte den Kopf. »Mit solchen Leuten haben wir besser nichts zu tun«, sagte er kurz. Damit war die Sache für ihn erledigt.

Als Vicky am Abend im Bett lag, dachte sie, dass ihr erster Tag auf dem Schloss gar nicht so übel gewesen war. Wieder musste sie an diese merkwürdigen Olchis denken. Hatten sie wirklich grüne Haut und Hörner auf dem Kopf? Waren sie wirklich so stark, wie Jakob erzählt hatte?

Irgendwie muss ich es schaffen, zu dieser Müllkippe zu kommen, dachte Vicky.

Am nächsten Morgen entdeckte Vicky im Geräteschuppen ein altes Damenfahrrad. Herr Weißbrot reparierte die kaputte Kette und pumpte die platten Reifen auf. Das Rad war ein bisschen groß für Vicky, doch das war kein Problem. Sie war eine gute Radlerin.
»Deine Tante hat bestimmt nichts dagegen, wenn du ein bisschen im Park herumfährst«, sagte Herr Weißbrot.
Vicky fuhr los, und als sie ans andere Ende des Parks kam, sah sie eine Tür in der Schlossmauer offen stehen. Was für ein Glück!, dachte Vicky. Schnell radelte sie hinaus.
Bis zum Mittagessen bin ich längst wieder zurück, überlegte sie weiter. Tante Kreszentia wird gar nicht merken, dass ich weg war.
Sie wollte jetzt unbedingt nach der Müllkippe suchen. Vielleicht konnte sie ja diese Olchis aus der Ferne ein wenig beobachten. Falls es sie überhaupt gab. Falls nicht alles doch nur ein großer Schwindel war.

Die Olchis gibt's ja wirklich!

Vicky radelte an den Feldern entlang nach Osten.
Noch immer wehte dieses feinfaulige Lüftchen. Sie folgte dem Weg, der am Bach entlangging, fuhr an einer Lagerhalle vorbei und nahm den Seitenweg bei den Gewächshäusern hinüber zum Hügel. Dorthin hatte Tante Kreszentia gezeigt, als sie von der Müllkippe erzählt hatte.
Der steinige Weg ging ein Stück bergab. Plötzlich wurde das Rad ein bisschen zu schnell. Vicky versuchte zu bremsen, doch da war sie schon in der Kurve. Das Fahrrad rutschte unter ihr weg, kippte um und Vicky landete im Graben.
Ihr rechtes Knie tat höllisch weh, und ihr linker Unterarm hatte an der empfindlichen Innenseite eine rote Schramme. Vicky leckte ärgerlich daran. Wieso hatte sie nicht besser aufgepasst!
»So ein Mist!«, rief sie laut. Sie rappelte sich hoch und richtete das schwere Fahrrad wieder auf.
Plötzlich hörte sie ein Kichern. Erschrocken schaute sie sich um. Sie hatte gar nicht bemerkt, dass da noch jemand war.
»Wo ist hier ein Mist?«, hörte sie eine Stimme.

Als sie sich umdrehte, standen da zwei kleine grüne Wesen. Sie hatten riesige Knubbelnasen und drei Hörner auf dem Kopf.
Vicky wusste sofort, dass es Olchis waren. Trotzdem fragte sie: »Seid ihr die Olchis?«
»Muffel-Furz-Teufel!«, sagte eines der beiden. »Ich bin das eine Olchi-Kind, und das da ist mein Bruder, das andere Olchi-Kind.«
Die Olchi-Kinder schauten Vicky neugierig an. »Wo kommst du denn her? Beim Kröterich, wir haben dich noch nie gesehen.«
»Ich wohne in den Ferien bei meiner Tante drüben auf dem Schloss. Sie ist hier die Gräfin«, erklärte Vicky.
»Was ist denn eine Grätin?«, fragte das eine Olchi-Kind. »Eine Gräte mit was drin vielleicht? Eine Fischgrätin?«
Vicky kicherte. Diese Olchi-Kinder schienen sehr lustig zu sein.
»Komm mit uns zur Olchi-Höhle!«, rief das andere Olchi-Kind. »Wir spielen Reifenwerfen und Matschpfützenhüpfen!«
»Keine sehr gute Idee«, sagte Vicky und dachte sofort an ihr hellblaues Kleid. Das war für Matschpfützen nun wirklich nicht geeignet.
Doch sie schlug vor: »Vielleicht können wir ja auch was anderes spielen? Aber nur bis zwölf Uhr. Ich muss nämlich pünktlich zurück sein.«
»Was ist zwölf Schnur?«, riefen die Olchis. »Schleime-

Schlamm-und-Käsefuß! Du redest ziemlich komisches Zeug!«

Vicky setzte sich wieder auf ihr Fahrrad, doch diesmal hinten auf den Gepäckträger. Das eine Olchi-Kind wollte nämlich unbedingt selbst treten. Das andere setzte sich vorn auf den Lenker.

Das Olchi-Kind trat so kräftig in die Pedale, dass das Fahrrad lossauste wie ein wilder Mustang.

»Nicht so schnell!«, kreischte Vicky. »Ich will nicht schon wieder stürzen!«

Doch die Olchis lachten und quiekten und hatten anscheinend großes Vergnügen an der rasenden Fahrt.

Vicky klammerte sich an das schmuddelige T-Shirt des einen Olchi-Kindes und versuchte gleichzeitig, nicht so viel zu atmen. Die Olchis muffelten wirklich gewaltig.

Ein paar Minuten später waren sie zum Glück heil an der Müllkippe angekommen.
»Hier wohnen wir!«, rief das eine Olchi-Kind.
»Wirklich sehr schön«, meinte Vicky. Es war schlimmer, als sie es sich vorgestellt hatte.
Glasscherben lagen herum, Kisten, Matratzen, Schuhe, Dosen, Flaschen und Autoreifen. Es gab alte Kühlschränke, rostige Rohre, uralte Fernseher und kaputte Kinderwagen.
Vicky sah zerschlissene Sofapolster, Stühle mit und ohne Sitzfläche und rostige Fahrräder. Sogar das Gerippe eines alten Autos hatte man hier abgeladen.
Über allem lag ein fauliger Geruch, eine Mischung aus vergammeltem Fisch und Mülleimer.
»Gemütlich habt ihr's hier«, sagte Vicky, weil sie etwas Nettes sagen wollte.
Sie lehnte ihr Rad an einen Baum und stapfte hinter den Olchi-Kindern her, über die Müllhalde hinüber zur Olchi-Höhle. Ihr hellblaues Kleid hatte bald einen öligen Fleck, aber als sie daran herumwischte, machte sie alles nur noch schlimmer.
Dann sah sie die anderen Olchis.
Olchi-Mama und Olchi-Oma badeten das kleine Olchi-

Baby in einer uralten Wanne. Anstelle von Badewasser benutzten sie allerdings braune Matschbrühe, was dem Olchi-Baby sehr zu gefallen schien. Es quiekte immer wieder laut auf, und seine kleinen Hände patschten lustig in dem Matsch.
Olchi-Opa war drüben auf einem alten Ofen eingenickt und schnarchte ziemlich laut. Auf seiner Nase hatten sich eine Menge Fliegen niedergelassen. Doch anscheinend störte ihn das überhaupt nicht.
Olchi-Papa bastelte lustig pfeifend an einer Holzkiste herum.
Er montierte uralte Räder an die Kiste, wahrscheinlich baute er gerade einen neuen Kinderwagen für das Olchi-Baby.
Die Olchis begrüßten Vicky fröhlich, und Olchi-Mama sagte: »Beim Hühnerich, wir finden es immer krötig, wenn die Olchi-Kinder Freunde mitbringen.«
Na ja, Freunde sind wir noch nicht, dachte Vicky, aber sie versuchte, höflich zu lächeln.
Die Olchi-Kinder zeigten Vicky sofort, wie stark sie waren. Sie begannen, ein paar Eisenstangen zu verbiegen, und sie schleuderten Autoreifen herum, genau wie Jakob gesagt hatte. Dann stemmte das eine Olchi-Kind Vicky mit einer Hand in die Luft.
Vicky fand das gar nicht komisch. »Lass mich sofort wieder runter!«, rief sie und strampelte mit den Beinen.
Die Olchi-Kinder lachten, und als Vicky wieder auf dem

Boden stand, sah ihr Kleid noch ein bisschen schmutziger aus.
»Ihr müsst aufpassen«, sagte sie. »Ich darf mich nicht schmutzig machen.«
»Wieso denn nicht? Schmutz ist doch schön!«, rief das eine Olchi-Kind. Mit beiden Beinen hüpfte es in eine ölige Pfütze, dass es nur so spritzte.
»Hör auf damit!« Vicky gefiel das gar nicht.
»Magst du vielleicht lieber mit unseren Ratten spielen?«, fragte das andere Olchi-Kind. »Olchi-Opa hat ihnen das Seiltanzen beigebracht.«
Das Olchi-Kind sauste zur Olchi-Höhle und kam mit vier fetten Ratten zurück.
Das gefiel Vicky schon besser. Vor Ratten hatte sie gar keine Angst.
Zwischen einem alten Ofenrohr und einem Ast war eine dicke Schnur gespannt. Die Olchi-Kinder setzten die Ratten auf die Schnur, und Vicky staunte nicht schlecht. Die kleinen Biester konnten darauf Handstand machen, sie hüpften auf einem Bein über das Seil oder hängten sich mit ihren kleinen Armen dran. Sie schaukelten hin und her wie Unterhosen an der Wäscheleine.
Das andere Olchi-Kind hatte anscheinend Hunger bekommen. Es schnappte sich eine der rostigen Dosen, die hier überall herumlagen, und biss kräftig hinein. Dann zerkaute es das abgebissene Stück und schluckte es hinunter.

»Meine Güte«, sagte Vicky. »Schmeckt euch so was wirklich?«
»Du kannst gern mal probieren«, sagte das Olchi-Kind und hielt Vicky die Dose vor die Nase.
»Danke, das ist nichts für mich«, sagte Vicky lachend. »Ich mag lieber Schokoriegel.«
»SCHOKORIEGEL?«, riefen die Olchi-Kinder im Chor. »Davon bekommt man schlimme bunte Flecken!«
»Ja, und bei euch hier bekomme ich braune Flecken«, sagte Vicky und schaute auf ihr schmutziges Kleid. »Warum habt ihr eigentlich Hörner auf dem Kopf?«, fragte sie dann.
»Das sind unsere Ohren«, erklärten ihr die Olchi-Kinder. »Wir hören Ameisen husten und Regenwürmer rülpsen. Und mit dem mittleren Hörhorn können wir alle Spra-

chen verstehen. Sogar die Sprache der Olchis oben auf dem Mond.«

»Und wenn ein Hund bellt?«, fragte Vicky. »Könnt ihr das auch verstehen?«

»Klar wie Matschbrühe«, erklärte das eine Olchi-Kind. »Wir verstehen alles. Hunde, Katzen, Frösche, Ratten, Fische, Läuse, Mäuse ...

Vicky glaubte ihnen kein Wort.

Jetzt war Olchi-Opa aufgewacht. Als er gähnte, fielen ein paar Fliegen von seiner Nase und stürzten auf den Fußboden. Anscheinend hatte er schrecklichen Mundgeruch.

»Im Schlaf kommen mir immer die besten Ideen«, sagte er. »Passt auf, Stinkeriche, ich habe ein Gedicht geträumt!

Wo der Mond am Himmel stinkt,
wo Olchi-Oma Gräten bringt,
wo die fetten Kröten müffeln,
da will ich in den Müllberg schnüffeln!«

Er begann so laut und scheppernd zu lachen, dass Vicky erschrocken zusammenzuckte.

»Los, Vicky, erzähl uns auch etwas!«, riefen die Olchi-Kinder. »Erzähl uns eine Geschichte von deinem Schloss. Wir waren noch nie im Leben auf einem Schloss.«

Vicky überlegte. Was konnte für die Olchis interessant sein? Am besten, ich erfinde etwas, dachte sie.

Und dann dachte sie sich eine Geschichte aus, die so schaurig war, dass sie davon selbst Gänsehaut bekam.

Sie erzählte: »Auf dem Schloss von meiner Tante gab es einmal ein Gespenst. Es war ein sehr schreckliches Gespenst, das jede Nacht pünktlich um Mitternacht herumgeisterte. Seine Haut war durchsichtig, aus seiner Nase wuchsen Haare, und es hatte immer eine blutige Axt dabei. Aus seinem Mund tropfte Blut. Das Gespenst sah so gruselig aus, dass man es auf keinen Fall ansehen durfte. Bei seinem Anblick stürzte man wie vom Blitz getroffen zu Boden. Man verlor auf der Stelle das Gleichgewicht und vielleicht auch den Verstand.
Eines Nachts geisterte das Gespenst wieder im Schloss herum und wollte meine Tante in ihrem Schlafzimmer erschrecken. Nebenan stand die Badezimmertür offen, und das Gespenst schwebte kurz ins Bad hinein. Dort schaute es in den Spiegel. Es erschrak ganz fürchterlich vor seinem eigenen Anblick. Es verlor das Gleichgewicht, stürzte kopfüber in die Badewanne und löste sich in Luft auf.
Am nächsten Morgen sah meine Tante noch ein paar Blutspritzer in der Wanne. Aber das Gespenst war verschwunden und ist nie mehr wiedergekommen.«
Die Olchi-Kinder fanden die Geschichte sehr schön.
Olchi-Opa rief: »Das gefällt mir! Ich war vor fünfhundert Jahren auch mal in einem Schloss in Schottland. Ich war Rattenfänger dort. Unser Gespenst hieß Big Mac. Es kam jede Nacht durch den Kamin und fraß alle Vorräte auf.

Eines Tages war es so fett geworden, dass es nicht mehr durch den Kamin passte und stecken blieb. Muffel-Furz-Teufel! Als am Morgen die ersten Sonnenstrahlen kamen, da zerfiel es zu Staub. Gespenster vertragen nun mal kein Tageslicht.«

»Auch eine nette Geschichte«, meinte Vicky.

»Glaub Opa kein Wort!«, rief das eine Olchi-Kind. »Er denkt sich so was nur aus.«

Das andere Olchi-Kind fragte: »Gibt es denn immer noch Gespenster auf eurem Schloss?«

»Na klar«, sagte Vicky. »Jede Menge. Das allergruseligste kommt immer pünktlich um Mitternacht.«

»Wieso ist bei euch alles so pünktlich?«, fragte das eine Olchi-Kind. »Du musst pünktlich zu Hause sein, und sogar die Gespenster sind pünktlich.«

»Keine Ahnung«, sagte Vicky. »Darüber hab ich noch nie nachgedacht.«

»Wir kommen heute Nacht zu dir«, meinte das andere Olchi-Kind. »Wir wollen auch mal ein Gespenst sehen. Wir wollen uns dann richtig schön gruseln.«

Ach, du liebes bisschen!, dachte Vicky. Die Olchi-Kinder glauben ja wirklich alles, was ich ihnen erzähle.

»Na gut«, willigte sie ein. »Wir gehen auf Gespensterjagd, das wird bestimmt lustig. Aber man darf euch im Schloss auf keinen Fall sehen. Ihr kommt erst, wenn es ganz dunkel ist. Ich warte vor dem großen Tor auf euch. Wenn alle schlafen, dann hole ich euch herein.«

Die Olchi-Kinder waren einverstanden und freuten sich.

»Käsiger Rattenfuß, das wird bestimmt krötig!«

Vickys Armbanduhr zeigte jetzt zehn Minuten nach zwölf. Es war höchste Zeit, heimzuradeln, denn pünktlich um halb eins wartete die Gräfin mit dem Mittagessen auf sie. Jetzt musste sie sich sputen.

»Du kannst gern bei uns essen, wenn du Hunger hast«, sagte Olchi-Mama. »Ich mach dir ein Tellerchen Schmuddelwurz mit Grätenstampf.«

»Danke, vielleicht ein anderes Mal«, sagte Vicky schnell und lief zu ihrem Fahrrad.

Pünktlich um halb eins saß sie bei Tante Kreszentia am Esstisch. Sie hatte es gerade noch geschafft.

»Wo hast du dich denn heute herumgetrieben?«, fragte die Gräfin und rümpfte die Nase. Vickys Kleid roch irgendwie merkwürdig. »Wieso bist du so schrecklich verdreckt?«

»Ich bin mit dem alten Fahrrad herumgefahren«, sagte Vicky. »Herr Weißbrot hat es für mich repariert.«

»Na schön«, sagte die Gräfin. »Aber vor dem Essen solltest du dich waschen. Geh bitte und zieh dir etwas Sauberes an.«

Mehr sagte sie nicht. Sie hatte zum Glück keine Ahnung, was ihre Nichte heute alles erlebt hatte.

Auf Gespensterjagd

Vicky stand am Fenster ihres Zimmers. Draußen war es längst dunkel geworden. Eine Katze schlich auf der Schlossmauer entlang, und dunkle Wolken schoben sich vor den hellen Sichelmond. Die Standuhr im Flur schlug elf Mal.

Vicky konnte es kaum erwarten, dass im Zimmer ihrer Tante endlich das Licht ausging. Ob die Olchi-Kinder schon draußen am Tor standen?

Sie war ein bisschen nervös. So eine Gespensterjagd mitten in der Nacht war ja nun wirklich kein Pappenstiel. Vielleicht gab es tatsächlich Geister hier im Schloss? Unruhig kaute sie an ihren Fingernägeln herum. Quatsch, dachte sie. Die Olchis wollen bei mir das Gruseln lernen, und ich werde sie nicht enttäuschen. Ich werde sie herumführen und ihnen ein wenig Angst einjagen. Das wird bestimmt ein großer Spaß.

Endlich ging drüben im Zimmer von Tante Kreszentia das Licht aus. Butler Jakob saß um diese Zeit vor dem Fernseher, und Berta und Herr Weißbrot wohnten nebenan im Anbau und würden sie sowieso nicht hören. Es konnte losgehen.

Vicky schlich barfuß die Treppe hinunter. Die Teppiche dämpften jeden Schritt, und so konnte sie unbemerkt aus dem Haus schlüpfen.
Die Nacht war totenstill. Nur ganz von fern hörte man ein Moped knattern.
Sie mied den Kiesweg und lief im weichen Gras bis zum Haupttor.
Tatsächlich – da standen die beiden Olchi-Kinder.
Sie hatten ihre Knubbelnasen durch das Gitter des Tors gesteckt, und das eine Olchi-Kind sagte sofort: »Beim Kröterich, wo bleibst du denn? Wir warten schon so lange.«
»Wir wollen endlich die Gespenster sehen!«, rief das andere Olchi-Kind.
»Pst! Nicht so laut!«, zischte Vicky.
Plötzlich fiel ihr ein, dass sie die Fernbedienung für das Tor nicht mitgenommen hatte. Die lag dummerweise auf dem Schlüsselbrett neben der Eingangstür.
»Wir kommen jetzt rein zu dir«, sagte das eine Olchi-Kind. Schon kletterten die Olchi-Kinder am eisernen Tor empor wie zwei Äffchen. Und dann hüpften sie auf der anderen Seite zu Vicky hinunter.
»Super«, staunte Vicky. »Los, kommt mit, aber seid bitte leise! Wenn uns die Gespenster hören, dann verziehen sie sich sofort.«
»Grätziger Stinkerich! Wie aufregend!«, flüsterte das eine Olchi-Kind so leise wie möglich.

Fast lautlos schlichen sie zurück zum Schloss.
»Wir gehen am besten gleich hinunter in den Keller«, erklärte Vicky. »Die Gespenster sind um diese Zeit immer dort unten.«
Sie nahm den schweren Kerzenleuchter, der hinter der Eingangstür auf einer Kommode stand. Daneben lag eine Schachtel mit Streichhölzern. Vicky zündete die Kerzen an. »Im Keller brauchen wir Licht«, erklärte sie. »Und Kerzenlicht ist besonders gruselig.«
Ihre Hand mit dem Streichholz zitterte ein bisschen, aber die Olchis merkten das nicht.
»Schleime-Schlamm und Hühnerich, wenn's mich gruselt, freu ich mich!«, dichtete das eine Olchi-Kind.
Sie gingen den Flur entlang bis zur Kellertür, und Vicky öffnete sie zögernd. Da unten war sie selbst noch nie gewesen. War das wirklich eine gute Idee?
»Los jetzt!«, drängten die Olchis, und schon schoben sie Vicky die dunkle Kellertreppe hinunter.
Na gut, dachte Vicky, was soll groß passieren? Die Olchi-Kinder sind bärenstark und werden mich schon beschützen, wenn tatsächlich ein Gespenst kommt.
Als sie nach unten stiegen, flackerten die Kerzen und warfen unruhige Schatten an die Wände.
»Ich hab leider noch gar keine Angst«, sagte das eine Olchi-Kind.
»Ich auch nicht«, kicherte das andere Olchi-Kind. »Wann wird's denn endlich gruselig?«

»Abwarten«, sagte Vicky.
Als sie am Weinkeller vorbeigingen, zuckte sie zusammen. Hatte sich da nicht etwas bewegt? Aber es war nur eine Maus, die unter den Regalen mit den Weinflaschen hervorhuschte. Vor Mäusen hatte Vicky keine Angst und die Olchi-Kinder sowieso nicht.
Dicke Spinnweben hingen hier überall an den Wänden. Die Luft war kühl, und es roch ein wenig moderig.
»Krötig ist es hier«, fand das eine Olchi-Kind. »Aber leider gar nicht gruselig.«

»Na, wenn du meinst«, sagte Vicky. »Ihr seid ja ganz schön tapfer.«
Der nächste Raum stand voller Regale mit altem Werkzeug, auch verstaubte Möbelstücke und ein paar schwere Kisten waren hier gelagert.
Sie folgten dem langen Gang, der in die hinteren Kellerräume führte. Hier gab es merkwürdige Haken und Metallringe an den Wänden, und Vicky erklärte den staunenden Olchis: »Dies war früher das Verlies für die Gefangenen. Hier vermoderte einmal ein unschuldig Gefangener dreihundert Jahre lang. Seitdem geistert er im Keller herum. Aus Rache will er den Menschen Angst einjagen.« Sie wunderte sich selbst, dass sie sich jetzt traute, so etwas Unheimliches zu erfinden.
»Wann kommt er denn?«, fragte das eine Olchi-Kind hoffnungsvoll.
»Er kommt immer erst um Mitternacht, so wie alle Gespenster«, sagte Vicky.
»Wann ist Mitternacht?«, fragte das andere Olchi-Kind.
Vicky schaute auf ihre Armbanduhr. »In dreißig Minuten.«
»Ich weiß schon, auch die Gespenster wollen pünktlich sein«, kicherte das eine Olchi-Kind.
Ganz hinten, in der Ecke der letzten Kammer, sahen sie eine Falltür im Boden. Eine schwere, staubige Holzkiste stand darauf, und eines der Olchi-Kinder meinte: »Vielleicht wohnt da unten auch ein Gespenst?«

Es packte den dicken Eisenring, der an der Falltür angebracht war, und stemmte die Tür mitsamt der schweren Kiste ganz einfach hoch. Die Kiste rutschte nach hinten, und die Luke war offen.
Wieder staunte Vicky, wie stark diese Olchis waren. Sie selbst hätte die Kiste keinen Zentimeter zur Seite schieben können.
Eine enge Wendeltreppe führte nach unten in die vollkommene Dunkelheit.
»Ihr wollt doch nicht wirklich da runter?«, fragte Vicky. Der Leuchter in ihrer Hand zitterte schon wieder ein bisschen.
Doch die Olchi-Kinder waren bereits auf der Treppe.
»Los, komm«, drängelte das eine Olchi-Kind. »Ich glaube, da unten ist es viel gruseliger.«
»Nein, wartet!«, rief Vicky. »Lasst mich nicht allein hier oben!«
Ihr Herz klopfte bis zum Hals. Ganz vorsichtig, um nicht zu stolpern, folgte sie den Olchis in das finstere Loch.

Im Höhlenlabyrinth

Vicky zählte genau mit. Fünfundzwanzig enge Treppenstufen führten hinunter in einen höhlenartigen Raum. Hier unten war es noch kälter, und Vicky fröstelte in ihrem dünnen T-Shirt. Doch die Olchi-Kinder hatten eine Haut wie Tintenfisch. Sie spürten die Kälte gar nicht.
»Hallo, Gespe-henst!«, rief das andere Olchi-Kind. »Wo hast du dich verste-heckt?«
Hier unten in der Höhle klang seine olchige Stimme hohl und schaurig.
»Lasst uns lieber wieder umkehren«, drängte Vicky. »Ich glaube, mir gefällt das hier gar nicht.«
»Schlapper Schlammlappen, nun komm schon!«, sagten die Olchis. Sie zogen Vicky an ihrem T-Shirt. »Wir wollen sehen, wie's hier weitergeht.«
Die Olchis mochten Höhlen. Ihnen gefiel es hier anscheinend ausgezeichnet.
»Sieht ganz anders aus als unsere Olchi-Höhle«, meinte das eine Olchi-Kind. »Viel größer, aber nicht so gemütlich.«

Sie nahmen eine Abzweigung und gelangten in eine zweite Höhle, die mindestens so groß war wie Tante Kreszentias Wohnzimmer.
Dann sahen sie die Tropfsteine. Unzählige längliche Zapfen in allen Größen hingen hier von der Decke. So schön war der Anblick, dass Vicky einen Moment lang vergaß, wie sehr es sie gruselte.
»Eine Tropfsteinhöhle unter dem Schloss!«, staunte sie und konnte kaum glauben, was sie da sah. Von Tropfsteinen hatte sie erst neulich in der Schule gehört. Die Höhle musste viele Tausend Jahre alt sein, das wusste sie genau. Wieso hatte Tante Kreszentia nichts davon erzählt?
Weiter hinten verzweigte sich der Raum in mehrere Gänge. Sie folgten dem rechten Gang, der bald so niedrig wurde, dass sie nur gebückt vorwärtskamen. Vicky musste höllisch aufpassen, nicht mit den Kerzen an die Wände zu stoßen.
Der Gang machte ein paar Windungen, verzweigte sich wieder und führte in eine weitere Höhle.
Vicky blieb wie erstarrt stehen. »Da, da, da ...!«, stotterte sie.
Die Olchis kicherten. In einer Mauernische lagen ein paar alte Knochen. Und neben den Knochen grinste ein blanker weißer Totenkopf.
»Das Gespenst!«, flüsterte Vicky atemlos.
»Krötig!«, sagte das eine Olchi-Kind.
Doch das andere Olchi-Kind rief enttäuscht: »Läusefurz!

Das sind nur alte Knochen – so was nimmt Mama zum Kochen.«

»Ich will sofort zurück! Keine zehn Pferde bringen mich hier weiter!«, kreischte Vicky. Ihre Stimme klang plötzlich so schrill wie die von Tante Kreszentia, wenn sie sauer war.

»Wir sind aber keine Pferde. Wir bringen dich schon noch weiter«, meinte das eine Olchi-Kind.

»Hört auf mit dem Quatsch!«, rief Vicky. »Wir gehen jetzt sofort zurück!«

Die Gespensterjagd hatte sie sich wirklich lustiger vorgestellt. Die Olchi-Kinder sollten sich gruseln und nicht sie! Die Olchis kicherten weiter vor sich hin, aber sie folgten Vicky durch den Gang, der offensichtlich zurück zum Eingang führte.
Jetzt ging es in eine Linkskurve. War die vorhin auch schon da gewesen? War dies der richtige Weg? Sie standen vor zwei Abzweigungen und waren sich plötzlich nicht mehr so sicher.
»Hier geht's lang«, meinte das eine Olchi-Kind.

»Nein, hier«, sagte das andere Olchi-Kind.

Vicky wollte lieber umkehren, denn dahinten war doch diese Nische mit den Knochen gewesen. Von dort kannte sie sich sicher wieder aus …

In diesem Augenblick entdeckte Vicky etwas Überraschendes. Sie hielt den Kerzenleuchter ein bisschen näher an die Wand.

»Seht euch das mal an«, flüsterte sie.

Hier an den Wänden waren merkwürdige dunkelrote Malereien zu sehen. Es waren Tiere, die aussahen wie Rehe oder Antilopen, und manche hatten lange, spitze Geweihe auf dem Kopf. Auch ein paar Fische gab es da und kleine Männchen, die mit langen Stangen herumliefen, bestimmt waren es Speere.

»Ist das schön!«, staunte Vicky. Irgendwie ahnte sie, dass diese Höhlenbilder etwas ganz Besonderes sein mussten. Bestimmt waren sie uralt und sehr wertvoll.

»Beim Krötenfurz! Wir können Matschbilder malen, die sind viel schöner«, meinte das eine Olchi-Kind.

Vicky seufzte. Diese Olchis begannen langsam wirklich zu nerven. »Ist ja gut«, sagte sie. »Los, weiter jetzt!«

Die Olchi-Kinder begannen zu meckern: »Das Gespenstersuchen haben wir uns viel gruseliger vorgestellt. Mit viel mehr Gespenstern und so. Wir haben noch kein einziges Gespenst gesehen!«

Vicky sagte jetzt gar nichts mehr. Obwohl ihr kalt war, hatte sie plötzlich Schweißtropfen auf der Stirn. Sie

wollte nur noch hier raus. Wieso war dieser Weg so lang? Irgendwie hatte sie das Gefühl, dass sie in der völlig verkehrten Richtung unterwegs waren.
Als sie um die nächste Ecke bogen, standen sie vor einem unterirdischen Wasserbecken.
Das Wasser war eiskalt und kristallklar, und an der Decke darüber hingen wundersame Tropfsteine in allen Größen. Plopp, plopp!, konnte man leise die kleinen Tropfen hören, die von oben in das Wasser plumpsten.
»Ekliges Frischwasser«, meckerte das eine Olchi-Kind.
»Ihr solltet euch darin waschen«, brummte Vicky. Ihre Laune wurde langsam immer mieser. »Ihr muffelt nämlich ziemlich. Hat euch das schon mal jemand gesagt?«
»Wieso? Muffeln ist schön!«, meinte das eine Olchi-Kind verwundert.
»Du solltest dich lieber nicht so viel waschen«, sagte das andere Olchi-Kind. »Du stinkst nach Parfümseife. Hat dir das schon mal jemand gesagt?«
Vicky seufzte. Man konnte mit diesen Olchis nicht diskutieren.
»Bald sind die Kerzen runtergebrannt«, stellte sie fest. »Was machen wir dann?«
»Egal«, meinte das eine Olchi-Kind. »Wir Olchis sehen auch im Dunkeln.«
Vicky verlor die Geduld. »Ihr vielleicht! Aber ich nicht!«, schnauzte sie das Olchi-Kind an.
»Reg dich nicht so auf«, sagte das Olchi-Kind. »Erzähl

uns lieber noch eine von deinen schönen Gruselgeschichten.«
Doch die Lust auf Gruselgeschichten war Vicky längst vergangen. Irgendwo da oben wartete ein herrlich weiches Himmelbett auf sie. Und sie lief hier mit den verrückten Olchis in dieser dämlichen kalten Höhle herum. Das konnte doch nicht wahr sein!
Sie stolperte vorwärts, rutschte auf dem glitschigen Boden aus und schlug mit dem Kerzenleuchter gegen die Wand.
Alle fünf Kerzen erloschen gleichzeitig.

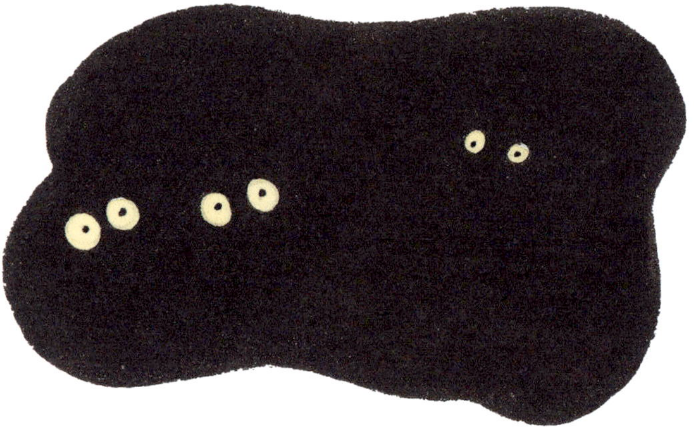

Gefahr im Dunkeln

Vicky riss die Augen weit auf, doch sie sah gar nichts mehr. Um sie herum herrschte die allerschwärzeste Finsternis. Nicht mal die Hand vor ihren Augen konnte sie mehr erkennen und auch nicht die glänzenden Knubbelnasen der beiden Olchi-Kinder. Keiner sagte einen Ton, und ein paar Sekunden lang war es totenstill.

Es ist so still wie in einem Grab, schoss es Vicky durch den Kopf. Sie dachte an die Streichhölzer. Mit ihnen hätte sie die Kerzen wieder anzünden können. Doch sie hatte sie oben im Schloss liegen lassen. Wie hatte sie nur so dämlich sein können?

»Wo seid ihr denn?«, fragte sie ängstlich und tastete im Dunkeln nach den Olchis.

»Gib mir deine Hand«, sagte eines der Olchi-Kinder.

Vicky spürte plötzlich eine kleine Olchi-Hand, die sich anfühlte wie trockenes Gummi. Das andere Olchi-Kind nahm ihre andere Hand, und so führten die Olchis Vicky ganz langsam vorwärts. Mit ihren starken Olchi-Augen konnten sie sich auch im Finstern ganz gut zurechtfinden.

»Geht bitte nicht so schnell!«, jammerte Vicky.

Nur wer schon einmal mit verbundenen Augen herumgeführt worden ist, kann sich vorstellen, wie ihr jetzt zumute war. Ganz zaghaft machte sie einen Schritt nach dem anderen. Die ganze Zeit hatte sie Angst, irgendwo anzustoßen oder über ein zweites Gerippe zu stolpern. Nur dass die Olchi-Kinder so cool blieben, beruhigte sie ein wenig. Ganz sicher führten sie Vicky durch das Höhlenlabyrinth, und nach einer Weile begannen sie auch noch ihr Olchi-Lied zu singen:

»Fliegenschiss und Olchi-Furz,
das Leben ist doch viel zu kurz!
Wir lieben Schlick und Schlamm und Schleim,
das Leben kann nicht schöner sein!

Wenn wir Stinkerbrühe trinken
und in Matschlöchern versinken,
fühlen wir uns muffelwohl,
das Leben ist doch wundervoll!

Muffel-Furz und Müllbergschlecker,
Abfall schmeckt doch wirklich lecker!
Schleime-Schlamm-und-Käsefuß,
das Leben ist ein Hochgenuss!«

Für Vicky war das Leben gerade überhaupt kein Hochgenuss. Aber der schräge olchige Gesang lenkte sie ein bisschen ab.

Immer mal wieder fragte sie: »Ihr findet doch ganz bestimmt hier raus?«
Und die Olchi-Kinder antworteten: »Lausiger Hühnerich, das ist so klar wie Matschbrühe.«
Vicky hatte keine Ahnung, wie lange sie nun schon herumgelaufen waren. Es kam ihr vor wie eine halbe Ewigkeit. Hier in der Finsternis verlor sie jedes Gefühl für die Zeit. Immer wieder musste sie an Tante Kreszentia denken. Vielleicht hatte sie ja inzwischen bemerkt, dass Vicky weg war. Doch wie sollte die Tante sie finden? Erst in hundert Jahren würde irgendjemand zufällig ihre vermoderten Gebeine hier unten entdecken.
Wieder dachte sie an den Totenkopf und die alten Knochen. Bestimmt hatte sich dieser arme Mensch auch verlaufen. Genau wie sie! Vicky bekam Gänsehaut.
Das eine Olchi-Kind fragte: »Du, Vicky, wann ist denn endlich Mitternacht? Wann kommen endlich die Gespenster?«
Am liebsten hätte Vicky laut aufgeschrien. Sie ließ die Hände der Olchis los und sank auf den Fußboden.
»Ich kann nicht mehr«, sagte sie. »Mir ist so kalt. Ich will in mein Bett.« Sie schlang die Arme um sich und merkte, wie ihr plötzlich Tränen in die Augen stiegen.
Das eine Olchi-Kind begann ihr den Rücken zu rubbeln, und das andere Olchi-Kind sagte: »Du musst ein bisschen herumhüpfen, dann wird dir wärmer.«
Anscheinend froren diese Olchis nie.

»Ich mag nicht hüpfen«, sagte Vicky. »Ich mag gar nichts mehr.«
Dann geschah etwas Merkwürdiges.
Eines der Olchi-Kinder rief: »Schleimige Matschbeule, da drüben sehe ich Fledermäuse!«
Vicky war mit einem Schlag hellwach.
»Fledermäuse?«, rief sie und rappelte sich hoch. »Wie sind die denn hier reingekommen? Wenn es hier Fledermäuse gibt, dann muss es einen zweiten Eingang geben!«
Jetzt hatte sie wieder Mut gefasst. Die Olchis nahmen sie

wieder an den Händen, und als sie um die nächste Ecke bogen, sahen die Olchis, dass es ein klitzekleines bisschen heller wurde.
Endlich bemerkte es auch Vicky.
Mit einem Mal konnte sie die Olchis neben sich erkennen und die vielen Fledermäuse, die hier in großen Scharen an den Wänden hingen.
Und dann fanden sie den Ausgang. Es war ein breiter Spalt, draußen halb zugewuchert von Unkraut und Gräsern.
»Schleime-Schlamm-und-Käsefuß!«, riefen die Olchis. Auch sie waren erleichtert.
Vicky stolperte vorwärts. Sie schlüpfte ins Freie und fühlte sich, als wäre ein riesiger Stein von ihrem Herzen gefallen.
Sie schaute zum hellen Mond am Himmel, der noch nie so schön wie heute gewesen war.
»Wo sind wir eigentlich?«, fragte das eine Olchi-Kind.
Das andere Olchi-Kind kicherte. Es hatte sofort bemerkt, wo sie gelandet waren.
»Kröterich!«, rief es laut. »Da drüben wohnen wir doch!«
Tatsächlich – sie waren hier ganz in der Nähe der olchigen Müllkippe.
Auch Vicky sah jetzt die Müllteile im Mondlicht glänzen.
»So weit sind wir gegangen?«, staunte sie.
Anscheinend verlief das unterirdische Höhlenlabyrinth in gerader Linie direkt zur Olchi-Höhle.

»Schleime-Schlamm-und-Käsefuß! Komisch, dass wir diesen Eingang bisher noch nie bemerkt haben«, wunderte sich das eine Olchi-Kind.
»Gehen wir heim«, meinte das andere Olchi-Kind. »Ich bin müde.«
Vicky überlegte. Sie konnte nicht mitten in der Nacht ins Schloss zurück. Ohne Fernbedienung fürs Tor und ohne Schlüssel müsste sie klingeln, und das wollte sie auf keinen Fall.
»Ich kann erst morgen früh zurück«, sagte sie. »Wenn ich aufpasse, dann wird gar keiner merken, dass ich weg war. Jakob fährt immer früh los und holt frische Brötchen. Ich glaube, dabei lässt er immer das Tor offen stehen.«
»Du kannst bei uns übernachten«, schlugen die Olchi-Kinder vor.
Vicky sagte gerne Ja. Sie liefen zu dritt zur Olchi-Höhle hinüber, und schon von Weitem hörten sie die anderen Olchis schnarchen. So laut wie ein kleines Sägewerk.
Vicky stieg über die Müllteile und kratzte sich das Schienbein auf. Aber das war ihr jetzt egal. Als sie endlich an der Olchi-Höhle waren, zeigten ihr die Olchi-Kinder eine Kiste.
»Hier kannst du schlafen«, sagten sie.
Die Kiste war mit Laub gefüllt und roch gar nicht so schlecht.
Auch die Olchi-Kinder krochen jetzt müde in ihre Olchi-Schlafkisten.

»Schade, dass wir kein Gespenst gesehen haben«, meinte das eine Olchi-Kind noch, dann fielen ihm auch schon die Augen zu.
Obwohl Vicky hundemüde war, lag sie noch eine ganze Weile wach. Sie schaute den Olchi-Kindern beim Schlafen zu und dachte, dass diese beiden Stinkeriche ihr heute bestimmt das Leben gerettet hatten. Eigentlich mochte sie die Olchis richtig gern. Und bestimmt war sie das einzige Kind, das echte Olchis als Freunde hatte.
Sie schaute hinüber zum Schloss von Tante Kreszentia und dachte noch einmal an ihr breites Himmelbett, das da drüben auf sie wartete.
Aber nichts schien ihr im Moment himmlischer als ihre olchige Laubkiste.

Eine Rettung und eine böse Überraschung

Als Vicky früh am nächsten Morgen die Augen aufschlug, stand Olchi-Mama neben ihr.
»Guten Morgen!«, sagte sie. »Aufstehen, die Brühe ist fertig!«
Sie hielt Vicky eine Tasse unter die Nase. Irgendetwas darin roch ziemlich sauer und verbrannt.
Vicky blinzelte in die Morgensonne und sah, dass die anderen Olchis alle schon auf waren. Sie saßen an einem wackeligen Tisch und ließen sich ihr Frühstück schmecken.
Die Olchi-Kinder tunkten Fischgräten in grünliche Brühe, und Olchi-Papa fütterte Olchi-Baby mit kleinen Hühnerknochen.
»Morgemstumd hat Schlamm im Mumd!«, mampfte Olchi-Opa und steckte seine lange Knubbelnase tief in einen Topf.
Olchi-Oma trug einen großen Eimer zu dem alten Verschlag, der neben der Höhle stand. In der Tür erschien der Kopf eines grünen Drachen.

Erschrocken setzte Vicky sich in ihrer Kiste auf und starrte auf das Vieh. Mit einem Schlag war sie hellwach. Olchi-Mama beruhigte sie: »Das ist nur Feuerstuhl, unser Drache. Er tut nichts.«
Als der Drache Olchi-Oma mit dem Frühstück kommen sah, stieß er laut grunzend ein paar schwefelige Qualmwolken aus. Anscheinend freute er sich.
»Beim Kröterich, ihr hattet ja eine tolle Nacht«, meinte Olchi-Mama. »Die Olchi-Kinder haben mir schon von eurem Abenteuer erzählt.«
Sie gab Vicky die Dose, aus der es so verbrannt duftete, aber Vicky rümpfte die Nase und stellte sie neben sich auf den Fußboden.
»Äh, danke«, stotterte sie und kletterte schnell aus ihrer Kiste. »Ich muss gleich los. Ich muss zurück, bevor sie im Schloss merken, dass ich weg war.«
»Vicky muss immer pünktlich sein!«, rief das eine Olchi-Kind lachend.
»Aber du musst wiederkommen!«, rief das andere Olchi-Kind.
Vicky versprach es. Dann rannte sie los, so schnell sie konnte.

Da das Tor zum Schloss tatsächlich offen stand, konnte sie sich leise und unbemerkt ins Haus schleichen.
Auf ihrer Armbanduhr war es kurz nach acht, und um acht gab es Frühstück. Sie kam also gerade recht.

Sie lief zum Esszimmer, und als sie durch die Tür schlüpfte, sagte sie fröhlich: »Guten Morgen!«
Doch irgendetwas war hier komisch. Jakob, der Butler, Herr Weißbrot und Berta standen mit langen Gesichtern da. Die Gräfin saß in einem Sessel und fächelte sich frische Luft zu. Sie benutzte dazu einen ihrer neuen spanischen Fächer. Zwölf Stück hatte sie sich kürzlich kommen lassen, denn bei dieser Sommerhitze waren sie sehr praktisch.
Jetzt erst sah Vicky den Polizisten. Er stand drüben am Fenster.
»Guten Morgen, Vicky«, sagte die Tante. »Weißt du, was heute Nacht passiert ist?«
»Äh, wieso?«, stammelte Vicky mit rotem Kopf. Sie haben doch gemerkt, dass ich die ganze Nacht weg war, dachte sie. Aber wieso mussten sie gleich die Polizei holen?
»Die Frau Gräfin ist sehr in Sorge«, hörte sie Berta sagen.
Der Polizist ging auf Vicky zu und gab ihr die Hand.
»So, so«, sagte der Polizist, »du bist also die kleine Viktoria. Deine Tante hat mir schon von dir erzählt.«
Vicky schluckte und überlegte fieberhaft, was sie jetzt sagen sollte.
»Hast du heute Nacht etwas bemerkt?«, fragte der Polizist. »Hast du jemanden gesehen?«
Was meinte er nur? Vicky verstand kein Wort.
Erst als Tante Kreszentia rief: »Jemand hat einen An-

schlag auf uns verübt!«, wurde Vicky plötzlich klar, dass es hier gar nicht um sie ging.
»Was war denn los heute Nacht?«, fragte sie erleichtert.
»Man hat uns Müll über die Schlossmauer gekippt!«, rief die Gräfin und wedelte nervös mit ihrem Fächer.
»Wieso Müll?« Bei Müll musste Vicky sofort wieder an die Olchis denken.
»Überall in den Blumenbeeten liegt Abfall herum!«, rief die Tante. »Meine schönen Rhododendronbüsche sind voll Unrat.«
»Leider auch die Rosen …«, fügte Herr Weißbrot hinzu.
»… und das Gemüsebeet«, sagte Berta.
»Es stinkt im ganzen Garten!«, schimpfte die Gräfin. Sie war aufgestanden und blickte missmutig aus dem Fenster.
»Wer tut denn so was?«, wunderte sich Vicky. »Warum kippt jemand Müll über deine Schlossmauer?«
»Ich habe keine Ahnung«, sagte die Gräfin. »Aber Herr Schnurrhahn wird die Täter schon finden.« Anscheinend war Schnurrhahn der Polizist.
»Ich werde mein Möglichstes tun, Frau Gräfin«, versprach er.
Die Gräfin wandte sich um. »Natürlich habe ich einen Verdacht. Wer ist denn hier in Schmuddelfing für Müll-Angelegenheiten bekannt? Diese Olchi-Bande von der Müllkippe! Sie sollten sie mal ins Visier nehmen, Herr Schnurrhahn.«

»Gnädige Frau, das ist ein ausgezeichneter Gedanke«, sagte der Polizist. »Ich werde mich umgehend auf den Weg machen.«
»Darf ich mitkommen?«, fragte Vicky schnell.
»Auf gar keinen Fall!«, sagte die Gräfin streng. »Du hast dort nichts verloren. Das habe ich dir doch schon gesagt.«
Und als Herr Schnurrhahn bereits aus der Tür war, rief sie ihm noch nach: »Verhaften Sie diese Olchis! Bringen Sie sie mir auf einem silbernen Tablett!«
Vicky erschrak. Sie war sich ganz sicher, dass ihre neuen Freunde mit dieser Sache überhaupt nichts zu tun hatten.

Als sie beim Frühstück saßen, wunderte sich die Gräfin, wieso Vicky schon wieder so komisch roch. Ohne lange nachzudenken, sagte Vicky: »Wegen der Olchis.«
Es war ihr einfach so rausgerutscht, und sie bereute sofort, was sie gesagt hatte. Vielleicht sollte sie schnell so tun, als hätte sie es nur im Spaß gesagt?
Tante Kreszentia hustete. Sie hatte sich an ihrem Honigbrötchen verschluckt, und ein wenig Eigelb von ihrem Frühstücksei tropfte vom Löffel auf die Tischdecke.
»Wo warst du?«, keuchte sie.
»Bei den Olchis«, gab Vicky zu und dachte, nun ist auch schon alles egal. »Heute Nacht bin ich auf der Müllkippe gewesen«, sagte sie. »Aber sozusagen aus Versehen. Eigentlich wollte ich gar nicht dahin. Und weil ich dich

nicht wecken wollte, hab ich gleich bei den Olchis übernachtet. In einer Laubkiste. Ich hatte doch keinen Torschlüssel dabei.«

Tante Kreszentia konnte kaum glauben, was sie da hörte.

»Erklär mir das«, sagte sie. »Erzähl genau und der Reihe nach. Du bringst ja alles durcheinander.«

»Na gut.« Vicky holte Luft. »Aber du darfst nicht sauer sein.«

Dann sprudelte es nur so aus ihr heraus. Sie berichtete von ihrem Fahrradausflug zur Olchi-Höhle. Vom nächtlichen Besuch der Olchi-Kinder und von der Gespensterjagd im Keller. Dass sie ganz unten dieses Höhlenlabyrinth entdeckt hatten und wie die Olchi-Kinder sie am Ende gerettet hatten.

»Die Olchis sind total nett, Tante Kreszentia«, sagte sie. »Ohne die Olchi-Kinder wäre ich da unten bestimmt erfroren und verdurstet und vermodert. Sie haben mich gerettet.«

Die Gräfin war erst mal sprachlos. Sie sah Vicky lange an, seufzte ein paarmal tief und meinte schließlich: »Ohne diese Olchi-Kinder wärst du gar nicht erst da hinuntergegangen.«

Vicky wollte ihre Tante unbedingt von den Olchis ablenken.

»Kennst du die Höhle denn?«, fragte sie. »Warst du auch schon einmal da unten?«

Die Gräfin legte den Löffel zur Seite und räusperte sich.

»Natürlich«, sagte sie. »Die Höhle heißt Teufelshöhle. Sie ist seit dreihundert Jahren in unserem Familienbesitz. Eigentlich sind es mehrere Höhlen, ein langes Labyrinth. Aber das weißt du ja inzwischen besser als ich.«
»Wieso heißt die Höhle *Teufelshöhle*?«, fragte Vicky. Wenn sie an einen Teufel dachte, dann stellte sie sich immer einen kleinen feuerroten Kerl vor, mit spitzen Hörnern auf dem Kopf und mit einer Mistgabel in der Hand.

»Das kann ich dir erklären«, sagte Tante Kreszentia. »Vor vielen Hundert Jahren, als das Schloss gerade gebaut worden war, da hatten seine Bewohner große Angst vor dem Teufel. Einmal dachten sie sogar, die Prinzessin sei vom Teufel besessen. Man holte einen Teufelsaustreiber auf das Schloss, der die arme Prinzessin von ihm befreien sollte. Angeblich nahm der Teufel dann Reißaus und fuhr mit lautem Getöse in die Höhle hinunter. Er verirrte sich in dem Labyrinth, und seitdem treibt er sein Unwesen da unten.«
»Ach, du meine Güte!«, rief Vicky entsetzt. »Zum Glück habe ich das nicht vorher gewusst.«
Tante Kreszentia beruhigte sie: »Das ist doch nur ein altes Märchen. Die Menschen waren früher sehr abergläubisch.«
»Ich bin gar nicht abergläubisch«, sagte Vicky. »Aber ich habe da unten einen grässlichen Totenschädel gesehen. Und an den Wänden waren Bilder. Hat die auch der Teufel gemacht?«
Die Gräfin lachte. »Nein, bestimmt nicht. Also, von einem Totenschädel weiß ich nichts. Aber die Malereien kenne ich selbstverständlich. Sie sind sehr wertvoll. Sie sind mindestens zwanzigtausend Jahre alt. Doch das muss ein Geheimnis bleiben. Versprich mir, dass du keiner Menschenseele davon erzählen wirst.«
»Wieso ist das so ein Geheimnis?«, fragte Vicky.
»Weil ich nicht möchte, dass unter meinem Schloss ir-

gendwelche Forscher oder Archäologen Trubel veranstalten!«, rief die Gräfin aus. »Am Ende finden gar noch Besichtigungen statt. Daran will ich gar nicht denken. Ich möchte meine Ruhe haben, und ich mag keinen Trubel. Schon gar nicht direkt unter meinem Haus.«
Sie stellte ihre Kaffeetasse heftig zurück auf den Unterteller und erklärte: »Und ich sage dir noch einmal: Ich will auch nicht, dass meine Nichte sich mit diesen Olchis abgibt. Mit entsetzlichen Leuten, die mir stinkenden Müll in den Garten werfen! Hast du das verstanden?«

Schnurrhahn ermittelt

Herr Schnurrhahn war seit dreißig Jahren der Schmuddelfinger Hauptpolizist und kannte fast jeden in der Stadt. Natürlich kannte er auch die Müllkippe und die Olchi-Familie.
Als er jetzt über den olchigen Müllberg stapfte, hielt er die Luft an. Was für eine Sauerei!, dachte er. Wieso müssen die Menschen immer so viel Müll produzieren?
Vor der Olchi-Höhle angekommen, traute er sich kaum, zu atmen. Alle Olchis waren hier versammelt. Anscheinend schmückten sie gerade ihre Höhle. Olchi-Mama und Olchi-Oma hängten alte Socken an eine Schnur. Olchi-Papa blies mit einem selbst gebastelten Staubwerfer feinen Staub ins Zimmer, während die Olchi-Kinder Olchi-Opa beim Tischdecken halfen. Sie verteilten kleine, hübsche Matschhäufchen auf der Tischplatte.
Das Olchi-Baby saß plärrend in einer Obstkiste, und Feuerstuhl, der Olchi-Drache, hatte den dicken Kopf aus der Garage gestreckt und stieß kleine Schwefelwolken aus.

»Muffel-Furz-Teufel! Schon wieder Besuch!«, freute sich Olchi-Oma, als sie den Polizisten auf sich zukommen sah. »Du kannst mit uns Gefurztag feiern! Heut ist schon wieder mein Gefurztag!«
Die Olchis feierten Geburtstag, wann sie wollten und so oft sie wollten. Besonders gern feierte Olchi-Oma.
Herr Schnurrhahn räusperte sich und sagte mit ernstem Gesicht: »Ich bin nicht zum Feiern gekommen. Ich möchte vielmehr von Ihnen wissen: Wo waren Sie letzte Nacht?«
Olchi-Opa rief ihm zu: »In der Nacht, da leuchten die Sterne, und Olchis schlafen alle sehr gerne!«
Er furzte, und die Olchis lachten.
Doch Schnurrhahn fand das gar nicht lustig. Er rief: »Sie haben also die ganze Nacht geschlafen? Können Sie das beweisen?«
»Beim Kröterich, wir schlafen immer, wann wir Lust dazu haben«, erklärte ihm Olchi-Opa. »Und letzte Nacht, da hatten wir alle Lust dazu.«
Die Olchi-Kinder riefen: »Frag doch Vicky! Die hat auch hier bei uns geschlafen.«
»Vicky?« Der Polizist wunderte sich, denn davon hatte sie ihm nichts erzählt.
Olchi-Papa sagte: »Macht es eigentlich Spaß, Polizist zu sein?« Er bewunderte Schnurrhahns schöne Polizeimütze, sie gefiel ihm besonders gut.
»Ich stelle hier die Fragen«, brummte der Polizist und

versuchte, ein paar hartnäckige Fliegen zu verscheuchen, die sich auf seiner Nase niederlassen wollten.
»Vor dreihundert Jahren war ich auch mal Polizist!«, rief Olchi-Opa dazwischen. »Ich war Olchi-Polizist in Australien. Dort habe ich jahrelang für Recht und Unordnung gesorgt. Soll ich euch die Geschichte mal erzählen?«
»Später, Opa«, sagte Olchi-Mama und wandte sich wie-

der an Herrn Schnurrhahn: »Kannst du mir mal helfen? Kannst du die Schnur mit den Stinkersocken über der Tür festmachen? Du kommst besser ran.«
»Äh, ich weiß nicht«, sagte Schnurrhahn verwirrt. Doch er wollte nicht unhöflich sein. »Na gut, geben Sie her«, murmelte er, nahm die Schnur und hängte sie über dem Eingang an die rostigen Nägel.
»Vielleicht kannst du auch noch die Stinkerkerzen anzünden?«, rief ihm Olchi-Opa zu. »Du musst faule Eier in eine Büchse tun und Kerzen drunterstellen, und dann …«
»Na, das geht nun doch zu weit!«, entrüstete sich Herr Schnurrhahn und machte wieder sein ernstes Polizeigesicht. »Wer von Ihnen hat heute Nacht Müll über die Mauer in den Schlossgarten der Frau Gräfin geworfen?«
Die Olchis sahen ihn verwundert an.
»Wir werfen niemals Müll über irgendeine Mauer«, erklärte Olchi-Papa. »Den Müll brauchen wir doch selber dringend.«
Olchi-Opa schlug vor: »Aber wir holen den Müll gern im Schlossgarten ab. Schleimiger Pampenwurz, wenn du ihn nicht mehr brauchst, dann sag uns einfach Bescheid!«
»Du könntest ihn auch hierher bringen. Das wär uns noch lieber«, meinte Olchi-Papa.
Olchi-Oma rief: »Beim lausigen Schneckerich, du darfst mir den Müll zum Gefurztag schenken!«
Die Olchi-Kinder begannen sofort laut zu singen: »Oma hat Gefurztag! Oma hat Gefurztag!«

Alle Olchis grölten aus voller Kehle mit. So laut, dass sich Herr Schnurrhahn die Ohren zuhalten musste.

»Schleime-Schlamm-und-Käsefuß,
Gefurztag ist ein Hochgenuss!
Wir lieben Schlick und Schlamm und Schleim,
für immer soll Gefurztag sein!
Hühnerfurz im Ofenloch,
unsere Oma lebe hoch!«

Das Olchi-Baby plärrte dazu, so laut es konnte, und Feuerstuhl begleitete alles mit seinem donnernden Grunzen. Jetzt sind sie völlig durchgeknallt, dachte Schnurrhahn. Er nahm seine Polizeimütze ab, wischte sich den Schweiß von der Stirn und beschloss, die Befragung zu beenden. Diese verrückten Olchis schienen ihm nicht verdächtig zu sein. Ohne sich zu verabschieden, stolperte er über den Müll zurück zu seinem Polizeiauto, das er oben am Feldweg geparkt hatte.

Ein sehr interessantes Gespräch

Die Olchis feierten Olchi-Omas Geburtstag so wie immer. Sie sangen ihre Lieder, ließen Olchi-Oma ein paarmal hochleben, und die Olchi-Kinder machten Musik dazu. Sie hatten eine Fahrradklingel gefunden und eine verbeulte Tröte, die aber noch prima funktionierte.
Natürlich hatte Olchi-Mama sich mit dem Kochen richtig Mühe gegeben, und es gab feine Leckereien. Sie verspeisten Rostige-Nägel-Suppe und Baumrindenbraten, und zum Nachtisch gab es Glühbirnen mit überbackenen Hühnerfedern und ein paar eingelegte Fahrradschläuche. Für Opa und Oma servierte Olchi-Mama ein Gläschen Fahrradöl.
Olchi-Opa hatte Olchi-Oma ein Geschenk gemacht: Duft von Schmuddelfinger Auspuffen. So etwas gab es natürlich nicht in Flaschen wie Parfüm. Deshalb erklärte er ihr: »Ich mache mit dir einen Ausflug nach Schmuddelfing, und dort kannst du an den wunderbaren Autoauspuffen schnuppern, so lange du willst.«
Olchi-Oma freute sich. Sie war ganz verrückt nach Aus-

puffgeruch. Sie liebte ihn genauso, wie die feinen Frauen von Schmuddelfing ihr teures Parfüm lieben.
Gleich nach der Feier machte sich Olchi-Opa mit ihr auf den Weg. Sie flogen mit Feuerstuhl direkt zum Schmuddelfinger Marktplatz.
Olchi-Opa parkte den Drachen auf dem Flachdach des Parkhauses. Von hier oben führte eine Tür ins oberste Parkdeck, die aber leider verschlossen war. Doch das war nicht weiter schlimm, denn die beiden Olchis kletterten einfach an der Außenwand hinunter und gelangten auch so ins vierte Obergeschoss, wo die Autos parkten.

Hier roch es immer besonders olchig. Sie versteckten sich hinter einer Säule und warteten darauf, dass ein Auto ankam oder abfuhr. Und immer, wenn eines kam, lief Olchi-Oma hinter dem Auto her und schnüffelte den olchigen Auspuffgeruch. Olchi-Opa freute sich, dass Olchi-Oma so einen Spaß daran hatte.

Zwei Frauen gingen, mit Einkaufstaschen beladen, zu ihren Autos, die nebeneinanderstanden. Sie verstauten die Einkäufe im Kofferraum und unterhielten sich.
»Eine Schweinerei ist das!«, schimpfte die eine Frau. »Es trifft doch immer die kleinen Leute!«
»Da haben Sie recht«, bestätigte die andere. »Man muss sich das nicht gefallen lassen!«
Olchi-Oma und Olchi-Opa standen hinter ihrer Säule und hörten jedes Wort. Was die Frauen da erzählten, wurde immer interessanter.
Irgendwo am Ortsrand von Schmuddelfing gab es ein unbebautes Grundstück, sagten sie. Es gehörte der Gräfin Kreszentia von Wurm und Bakschisch. Die Gräfin wollte das Grundstück anscheinend an eine Baufirma verkaufen. Und dann sollte darauf ein riesiges Einkaufszentrum gebaut werden.
Genau davor hatten die Besitzer der kleinen Geschäfte in Schmuddelfing Angst.
»Keiner wird mehr in unseren kleinen Läden einkaufen«, meinte die eine Frau. »Wenn es erst mal das Einkaufs-

zentrum gibt, dann sind wir Ladenbesitzer alle ruiniert. Auch unser kleiner Schokoladenladen wird pleitegehen.«
»Neben so einem Riesen-Billigcenter können die kleinen Geschäfte nun mal nicht bestehen«, sagte die andere Frau. Ihre Stimme klang bedrückt. »So weit darf es nicht kommen. Die Gräfin darf das Grundstück auf keinen Fall verkaufen.«
Sie verabschiedeten sich, stiegen in ihre Autos und fuhren los.
Olchi-Oma schnüffelte noch einmal, dann kletterten Olchi-Opa und sie wieder zurück aufs Dach, wo Feuerstuhl vor sich hin döste und immer noch geduldig auf sie wartete.

Als sie wieder auf der olchigen Müllhalde waren, erzählte Olchi-Opa, was sie gehört hatten. Vom Grundstück, vom Einkaufscenter, von den kleinen Läden und dass die Ladenbesitzer von Schmuddelfing sauer auf die Gräfin waren.
Besonders die Olchi-Kinder spitzten die Hörhörner. Schließlich war die Gräfin die Tante von Vicky, und Vicky war jetzt ihre Freundin. Das Ganze war ja schon fast eine Familienangelegenheit.
»Schleimige Rostbeule, das hört sich gar nicht gut an«, meinte das eine Olchi-Kind. »Wir müssen unbedingt Vicky Bescheid sagen!«
Die Olchi-Kinder sausten sofort hinüber zum Schloss.

Durch das Tor sahen sie Vicky im Garten mit den Pudeln spielen. Vicky warf einen Gummiball, und die Hunde sollten ihn holen und zurückbringen. Anscheinend hatten sie dazu aber keine große Lust, denn Vicky musste den Ball jedes Mal selbst holen.

»He, Vicky, wir müssen dir was erzählen!«, riefen die Olchi-Kinder.

Vicky rannte zum Tor. »Hallo! Was macht ihr denn hier? Meine Tante darf euch nicht sehen!«

»Warum darf uns deine Tante nicht sehen?«, wunderte sich das eine Olchi-Kind. »Wir haben nichts gegen Tanten. Wir mögen Tanten gern sehen.«
»Das versteht ihr nicht«, sagte Vicky. »Sie ist eben manchmal ein bisschen komisch.«
Die Olchi-Kinder versuchten, Vicky alles zu erzählen, was sie von Olchi-Opa gehört hatten, und sagten: »Deine Tante will sich ein Riesen-Einkaufscenter bauen. Und weil das Einkaufscenter dann so groß ist, haben alle Angst davor, und besonders die kleinen Geschäfte werden davon aufgefressen und gehen kaputt, und alle Ladenbesitzer in Schmuddelfing sind sehr sauer auf die Gräfin. Man darf aber Läden nicht kaputt machen, und deshalb darf deine Tante ihr Grundstück nicht verkaufen. Das sagen alle Ladenleute in Schmuddelfing, und Olchi-Oma und Olchi-Opa haben es ganz genau gehört.«
Die Olchi-Kinder brachten dabei alles ein bisschen durcheinander, aber Vicky hatte trotzdem genau verstanden, um was es ging.
»Danke, dass ihr gekommen seid«, sagte sie. »Das muss ich sofort mit meiner Tante besprechen.«
Sie lief ins Haus und fand Tante Kreszentia im Wohnzimmer wieder mal über einen ihrer Versandhaus-Kataloge gebeugt.
»Vicky, meine Liebe«, sagte die Gräfin. »Würde dir denn eine Kuschelwärmflasche gefallen? Hier gibt es flauschige Modelle in allen Farben. Ich denke, ich bestelle dir

drei davon. Welche Farben hättest du gern? Sie sind aus reinem Kaschmir.«

»Wir haben Sommer, Tante. Es sind dreißig Grad, und ich brauche keine Wärmflasche«, meinte Vicky.

»Schade, sie sind nämlich sehr preiswert.«

Vicky schaute ihre Tante fragend an. »Stimmt es, dass du ein Grundstück verkaufen willst? Dass darauf ein Einkaufszentrum gebaut werden soll?«

»Du hast davon gehört?« Die Gräfin runzelte die Stirn und nahm die Lesebrille ab. »Ja, ich habe tatsächlich vor, eines meiner Grundstücke zu verkaufen. Ich brauche das Geld für die Renovierung des Schlosses. Seit hundert Jahren wurde hier nichts mehr ordentlich gemacht.«

»Den Ladenbesitzern von Schmuddelfing gefällt das alles gar nicht«, meinte Vicky. »Sie haben Angst, dass es sie ruiniert, wenn da ein Einkaufscenter entsteht.«

»Das sind Dinge, von denen du nichts verstehst«, erklärte die Gräfin schnell. »Darüber solltest du dir keine Gedanken machen. Hast du eigentlich den Pudeln schon ihre Leckerli gegeben? Es ist fast fünf Uhr, und du weißt, sie mögen es gern pünktlich.«

Entführt!

Am nächsten Tag spitzte sich die Lage zu.
Als Vicky in der Frühe hinüber zum Esszimmer ging, hörte sie lautes Geschrei. Tante Kreszentia schien außer sich.
Noch konnte Vicky kein Wort von ihrem Gejammer verstehen, doch als sie ins Zimmer trat, sah sie die Gräfin am Fenster stehen und telefonieren. Mit einer Hand umklammerte sie ihr Telefon, mit der anderen hielt sie sich an den sonnengelben Vorhängen fest, um nicht umzufallen.
»Ich bin außer mir!«, kreischte sie ins Telefon. »Wer tut mir so was an? Am Ende wird man mich noch erschießen! Sie müssen etwas unternehmen, wofür haben wir denn die Polizei?«
Anscheinend telefonierte sie mit Herrn Schnurrhahn.
Berta stand mit hochrotem Kopf neben dem frisch gedeckten Frühstückstisch und schaute besorgt zu der aufgebrachten Frau Gräfin hinüber.
Sogar Jakob schien nervös. Er wischte mit einer Serviette sehr sorgfältig einen winzigen Krümel vom Tisch.

»Tun Sie doch etwas!«, rief die Gräfin in ihr Telefon. »Bis zur Hundeausstellung muss ich sie wiederhaben. Ich verlasse mich auf Sie ...« Dann legte sie auf.
»Was ist denn passiert?«, fragte Vicky.
Tante Kreszentia ließ sich ächzend in einen Sessel sinken. Jakob brachte ihr ein Glas Wasser.
»Stell dir vor, Vicky, meine drei Lieblinge sind verschwunden!«, sagte sie. »Man hat heute Nacht meine Pudel entführt.«
»Ach, du lausiger Furzkröterich!«, rief Vicky aus.
Alle schauten sie erstaunt an. Woher hatte das Kind nur solche Ausdrücke?
»Und man hat uns schon wieder Müll über die Mauer in den Garten gekippt«, fügte Berta schnell hinzu. »Einen großen stinkenden Abfallhaufen!« Sie ging zur Gräfin und reichte ihr einen der spanischen Fächer.
Die Gräfin fächelte sich kühle Luft zu und nahm einen Schluck Wasser. Dann reichte sie Vicky ein Stück Papier.
»Lies mal«, ächzte sie. »Das da hat man uns an die Tür geklebt. Mit Kaugummi!«
Tante Kreszentia verdrehte die Augen, und Vicky las, was mit schwarzem Filzstift auf dem Zettel geschrieben stand:

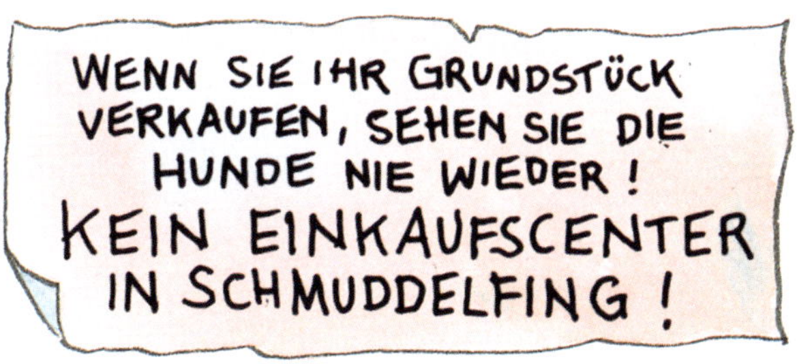

»Das Ganze ist eine politische Aktion«, erklärte Jakob. »Es ist ein Fall für die Polizei. Herr Schnurrhahn wird sich schon darum kümmern.«

»Eine Frechheit ist es«, sagte Berta. »Unserer Frau Gräfin so etwas anzutun. Die armen Tierchen!«

»Schon übermorgen ist der Hundewettbewerb«, seufzte die Gräfin. »Wir müssen meine Pudelchen bis dahin unbedingt wiederfinden. Ogottogott, ich glaube, das überlebe ich nicht ...«

Sie fächelte etwas hektischer und meinte: »Und pünktlich um fünf Uhr brauchen sie ihr Futter! Ogottogottogott, was mache ich denn nur?«

»Ich helfe dir suchen«, sagte Vicky.

»Ach, Kind, das ist reizend.« Tante Kreszentia sah Vicky nachdenklich an. »Aber was kannst du schon tun? Das ist eine Angelegenheit für die Polizei. Herr Schnurrhahn wird sicher Verstärkung anfordern. Zur Not müssen wir eben auch noch den Geheimdienst alarmieren oder das Militär. Ich habe sehr gute Kontakte zum Herrn Minister.«

»Na, hoffen wir, dass das nicht nötig sein wird«, sagte der Butler. Er unterdrückte ein Schmunzeln und schenkte der Gräfin frisches Wasser nach.

»Ich mach mich trotzdem auf die Suche«, erklärte Vicky. »Ich schau mich mal mit dem Fahrrad um.«

»Na gut, schaden kann es ja nicht«, seufzte Tante Kreszentia.

Gleich nach dem Frühstück radelte Vicky noch einmal zur Müllkippe. Vielleicht konnten ihr die Olchis bei der Hundesuche helfen?
»Wie sehen die Pudel denn aus?«, fragte Olchi-Papa. »Ranziger Gräterich, ich hab noch nie einen gesehen.«
»Sie sehen alle drei so aus wie Pudel eben«, erklärte Vicky. »Sie haben eine Pudelfrisur. Der eine ist schwarz, der andere weiß und der dritte hellbraun. Und auf dem Kopf haben sie rote Schleifen.«
»Das ist gut, so finden wir sie leicht«, meinte Olchi-Oma. »Wenn wir sie haben, bringen wir sie deiner Tante zurück.«
Die Olchis waren wirklich sehr hilfsbereit, und Olchi-Papa hatte auch gleich eine Idee: »Ich werde ein Hunde-

Aufspürgerät basteln. Dazu brauche ich ein bisschen Katzengeruch, Hunde- und Mäuseduft und einen Hauch von Krötenfurz. Aber vor allem brauche ich Ruhe. Ich muss mich konzentrieren.«

Er schlurfte hinüber zu seiner Bastelgarage, um sich sofort ans Werk zu machen.

Olchi-Mama und Olchi-Oma begannen, jede Menge olchige Hundekuchen zu backen. Olchi-Mama mischte ein paar bräunliche Dinge in einem Topf zusammen: Wurzelstampf und Schneckenhäuser, Teer und Rostpulver, Rindenmulch und Knochenmehl.

Olchi-Oma nahm das Ganze, stellte es auf den Herd und ließ es auf kleiner Flamme einköcheln, bis es zu einem harten Klumpen geworden war. Sie nahm ein scharfes Messer und schnitt den Klumpen in kleine Stücke, so groß wie Hundeleckerli.

»Hunde mögen so was«, meinte sie. »Beim Kröterich, damit werden wir sie anlocken.«

»Na ja, ich weiß nicht recht«, sagte Vicky. »Die Pudel von meiner Tante fressen immer nur Biofutter.«

»Ach was!«, meinte Olchi-Oma. »Wenn nicht, dann esse ich sie gern selber.« Sie leckte genüsslich ein paar Brösel von ihren Fingern.

Vicky zeigte den Olchi-Kindern einen Stadtplan von Schmuddelfing. Den hatte sie sich von Jakob geborgt, kurz bevor sie losgeradelt war.

»Wir müssen uns erst überlegen, wo und wie wir nach

den Hunden suchen«, erklärte sie. »Ich denke, wir sollten systematisch vorgehen.«
»Was ist süße-matschig?«, wunderten sich die Olchi-Kinder.
»Wir brauchen so was nicht«, sagte das eine Olchi-Kind und deutete auf Vickys Stadtplan. »Wir haben gute Nasen und finden auch so immer alles. Wir finden sogar Fahrradöl und Fischgräten.«
Endlich waren alle Olchis fertig mit ihren Vorbereitungen, und es konnte losgehen.
»Leute, am besten ist es, wir verteilen uns«, kommandierte Olchi-Opa.»Vor dreihundert Jahren war ich mal Hundefänger in Konstantinopel. Ich kenn mich mit solchen Sachen aus.«
»Du warst Hundefänger?«, fragte Vicky verwundert.
»Na ja, es waren keine Pudel und keine Hunde mit vier Beinen«, sagte Olchi-Opa. »Es waren Flughunde. Fledermäuse, verstehst du? Und Seehunde habe ich auch gefangen.«
»So, so«, sagten Vicky und die Olchi-Kinder gleichzeitig.
»Ich gehe da lang«, erklärte Olchi-Opa und zeigte nach Norden.
Olchi-Oma und Olchi-Mama wollten zusammen in der anderen Richtung suchen, also im Süden, und Olchi-Papa ging nach Westen. Er hatte eine lange Angel dabei, an deren Ende eine offene Dose befestigt war. Darin befand sich sein neuer Hunde-Anlockduft.

»Der Geruch ist krötenstark«, erklärte er. »Man riecht ihn auch gegen den Wind. Die Pudel können ihn schon von Weitem erschnuppern. Sie werden bellen oder winseln, und wir entdecken sie, auch wenn sie irgendwo eingesperrt sind.«

»Wunderbar. Wer die Pudel findet, der bringt sie gleich zum Schloss«, sagte Vicky. »Meine Tante wird sehr froh sein.« Und dann zogen sie los.

Vicky wollte zusammen mit den Olchi-Kindern als Erstes zur Teufelshöhle.

»Die Höhle wäre doch bestimmt ein prima Versteck«, überlegte sie. »Vielleicht hat man die Pudel dorthin verschleppt?«

Diesmal wollte sie selbst radeln. Das eine Olchi-Kind setzte sich hinten auf den Gepäckträger, und das andere Olchi-Kind kletterte auf seine Schultern. So ging es ganz gut, und Vicky konnte radeln, fast ohne zu wackeln.

Der Höhleneingang lag ja ganz in der Nähe der Müllkippe, sodass sie ihn sofort wiederfanden.

»Aber diesmal gehe ich nur ein kleines Stückchen hinein«, erklärte Vicky. Die Schrecken der letzten Nacht steckten ihr immer noch in den Knochen.

Sie legte das Fahrrad ins Gras und folgte den Olchi-Kindern zögernd in die Höhle hinein. Nur fünf Meter weit. Mehr war doch bestimmt nicht nötig.

»Amor! Pollux! Aphrodite!«, rief sie, so laut sie konnte,

und erschrak vor ihrer eigenen Stimme. Wie laut es hier drinnen hallte, und wie schaurig es klang! Eine Fledermaus flatterte erschrocken auf, bestimmt hatte Vicky sie im Schlaf gestört.

Auch die Olchi-Kinder riefen nach den Pudeln und pfiffen ein paarmal scharf durch ihre Finger. Wieder lauschten sie – doch es blieb totenstill.

»Keiner da«, bemerkte das eine Olchi-Kind.

»Stimmt«, sagte Vicky. »Die Pudel hätten uns längst gehört.«

Sie verließen die Teufelshöhle, stiegen wieder auf Vickys Fahrrad und grasten die Umgebung ab.

Sie schauten in jedes leer stehende Gebäude, suchten in dem kleinen Wäldchen und im Bootshaus unten am Schmuddelfinger See. Sie durchkämmten das alte Fabrikgelände, sie riefen und pfiffen, doch ohne Erfolg.

Endlich in Schmuddelfing angekommen, meinte Vicky: »Ich glaube, wir finden sie nie. Es gibt hier im Städtchen so viele Möglichkeiten, wo man Hunde verstecken kann.«

Als sie die Straße zum Marktplatz hinunterradelten, rief eines der Olchi-Kinder: »Halt mal, hier riecht es nach Hund!«

Vicky bremste scharf. Wie gut, dass die Olchis so gute Nasen haben, dachte sie.

Doch es war nur der Hundeladen von Herrn Zeiselmeier.

»Wartet hier auf mich«, sagte Vicky und lehnte ihr Rad an die Hauswand. Sie ging zur Ladentür. »Herr Zeiselmeier ist der Hundefriseur von unseren Pudeln. Ich muss ihm unbedingt sagen, was passiert ist.«

»Da kommen wir aber gern mit«, meinten die Olchi-Kinder, und schon standen sie zu dritt im Laden.

Herr Zeiselmeier war gerade beschäftigt. Er kämmte einem kleinen Pekinesen das frisch gewaschene Fell.

»Ich habe schon von der Entführung gehört«, sagte er zu Vicky. »Deine Tante hat mich vorhin angerufen. Hoffentlich findet man ihre Pudel bald. Was sind das nur für Menschen, die so etwas tun? Meine Güte, ist das nicht schrecklich?«

Auch für Herrn Zeiselmeier wäre es schrecklich, falls die Hunde nie wieder auftauchten. Die Gräfin war nämlich seine beste Kundin.
»Wo kann man denn wohl drei Pudel verstecken?«, fragte Vicky.
»Keine Ahnung«, meinte Herr Zeiselmeier. »Aber es sind ziemlich auffällige Tiere, und die meisten Leute hier kennen die Hunde der Gräfin. Die Entführer werden bestimmt nicht mit ihnen Gassi gehen.«
Misstrauisch linste er nach den Olchi-Kindern. Er hatte zwar schon oft von den Olchis gehört, aber dass diese Stinkeriche einmal in seinem Laden auftauchen würden, hätte er nie gedacht. Sie müssten dringend mal gewaschen werden, dachte er. Ihr olchiger Geruch erinnerte ihn an eine Mischung aus Stinkersocken und faulen Hühnereiern.
Inzwischen schnüffelten die Olchi-Kinder neugierig an den Regalen mit den Hunde-Leckerli herum. Besonders die getrockneten Rinderkaustangen und die Schweinsohren hatten es ihnen angetan, denn sie dufteten sehr olchig.
»Wo's gut riecht, da lass dich nieder, auch Kröten pupsen hin und wieder …«, begann das eine Olchi-Kind vor sich hin zu singen.
Und das andere Olchi-Kind meinte: »Schleime-Schlamm-und-Käsefuß, hier ist es schön. Hier bleiben wir gern ein bisschen.«

»Äh … leider hab ich gerade viel zu tun«, erklärte Herr Zeiselmeier.
Er nahm eine Sprayflasche aus dem Regal und besprühte seinen kleinen Pekinesen kräftig mit Parfüm.
Als sich eine Lavendelduftwolke im Laden ausbreitete, kreischten die Olchi-Kinder auf und hielten sich die Knubbelnasen zu. Parfüm war für sie das Allerschlimmste. Das hier fanden sie gar nicht mehr lustig, jetzt wollten sie nur noch weg.
Herr Zeiselmeier wünschte Vicky viel Glück bei ihrer Hundesuche. »Richte der Frau Gräfin mein Bedauern aus«, sagte er. »Und sag ihr herzliche Grüße von mir.«
Zum Abschied schenkte er den Olchi-Kindern ein paar Kaustangen aus getrocknetem Pferdedarm.

Neue Hausbewohner

Die Gräfin saß inzwischen auf ihrer Terrasse, trank Kräutertee und betrachtete ihren gepflegten Rasen. Jakob und Herr Weißbrot hatten auch diesmal gemeinsam den Müll entfernt. Besonders die Kleinteile hatten ihnen allerdings Probleme gemacht. Sie hatten die Eierschalen und Essensreste mit bloßen Händen von der Erde pflücken müssen.
Die Gräfin hatte den Brief der Hundeentführer vor sich auf dem Tisch liegen und las ihn bereits zum fünften Mal.

Wenn Sie Ihr Grundstück verkaufen, sehen Sie die Hunde nie wieder!
KEIN EINKAUFSCENTER IN SCHMUDDELFING!

Unverschämtheit!, dachte sie. Natürlich werde ich das Grundstück verkaufen. Und was dann darauf gebaut wird, das kann mir doch egal sein. Ich habe es seit Langem so geplant, und das Geld brauche ich dringend. Dass der Grundstücksverkauf so ein Problem würde,

hatte sie nicht geahnt. Wer konnte so sauer auf sie sein, dass er diese Anschläge verüben musste?
»Die Welt ist voll von Verrückten«, dachte sie verärgert. Sie nahm ein Schlückchen Beruhigungstee und dachte traurig an Amor, Pollux und Aphrodite. Ob es ihnen gut ging?
Dann kam der Butler und stellte ihr ein Paket auf den Tisch. Der Postbote hatte es gerade gebracht.
Als die Gräfin das Paket öffnete, fand sie darin drei Hundemäntelchen in schottischem Karomuster. Die hatte sie wohl vor ein paar Tagen bestellt.
»Legen Sie das bitte ins Hundezimmer, Jakob«, sagte sie mit belegter Stimme und reichte Jakob die kleinen Mäntelchen.
»Sehr wohl«, sagte der Butler. Er tat so, als würde er nicht sehen, dass die Gräfin feuchte Augen hatte. Dass ihre drei Lieblinge verschwunden waren, machte ihr ganz schön zu schaffen.

Wenig später klingelte es wieder. Als Jakob öffnete, traute er seinen Augen nicht. Draußen stand ein Olchi. Genauer gesagt, es war ein Olchi mit Hund.
»Ich bin Olchi-Papa«, sagte der Olchi. »Ich bringe einen Hund.« Das Tier war ein schwarzer struppiger Mischling, der eifrig an der blauen Hose von dem Olchi herumschnüffelte.
Der Butler wusste im ersten Moment nicht recht, was

er sagen sollte. Noch nie war einer aus dieser olchigen Schmuddelfamilie in die Nähe des Schlosses gekommen. Plötzlich tauchten auch noch zwei andere Olchis auf. Es waren Olchi-Mama und Olchi-Oma. Sie hatten gleich zwei Hunde mitgebracht. Der eine war ein kleiner Jack Russell, dem das rechte Hinterbein fehlte. Anscheinend kam er aber auch mit drei Beinen prima zurecht. Der andere war ein freundlich aussehender hellbrauner Streunerhund. Er war nicht mehr der Jüngste und hatte bestimmt schon mal bessere Zeiten gesehen.

»Wir bringen die Hunde für die Tante von Vicky«, erklärte Olchi-Mama.

Die Hunde begannen zu bellen.

Während Jakob noch überlegte, was zu tun war, kam auch schon die Gräfin zur Tür gelaufen. Sie dachte wohl, ihre Pudel wären zurückgekommen. Doch als sie die Olchis sah, erstarrte sie. Waren das nicht diese Müll-Leute? Klein und grün und Hörner auf dem Kopf? Genau so hatte sie sich die Olchis vorgestellt.

Und was waren das für Hunde? Die Gräfin sah drei verlauste Streuner, bestimmt irgendwelche Mischlinge, wie sie hier in der Gegend häufiger herumliefen.

»Ich weiß, wer ihr seid!«, rief sie aus. »Ihr seid von der Müllkippe da drüben!«

»Wir sind Freunde von Vicky«, erklärte ihr Olchi-Papa.

Die Gräfin blickte Olchi-Papa finster an. »Habt ihr den Müll über meine Mauer geworfen?«

Olchi-Papa sagte: »Das hat uns der Mann mit der Polizeimütze auch schon gefragt. Schleime-Schlamm-und-Käsefuß, wir werfen nie Müll über eine Mauer. Wir essen ihn immer selber.«
Die Gräfin trat einen Schritt zurück. Diese Olchis müffelten entsetzlich.
Olchi-Mama erklärte ihr: »Die Hunde sind für dich. Pudel haben wir leider keine gefunden. Aber vielleicht magst du diese hier auch?«
Der dreibeinige Jack Russell begann am Schuh der Gräfin herumzuschnüffeln und wedelte zutraulich mit dem Schwanz.

Na, ganz nett ist er ja, dachte die Gräfin. Sie beugte sich zu ihm hinunter und streichelte mit einem Finger sein Köpfchen. Auch die anderen beiden Hunde kamen zu ihr und wollten gestreichelt werden.
Die Olchis standen da und grinsten bis über alle Hörhörner.
Olchi-Oma erklärte: »Hier hab ich auch noch selbst gemachtes Hundefutter. Du darfst es behalten.« Sie reichte der Gräfin eine zerknautschte Tüte, die die Gräfin schnell an Jakob weitergab.
Sie sagte: »Vielen Dank, sehr nett. Woher wusstet ihr denn, dass meine Pudel weg sind?«
»Das hat uns Vicky erzählt«, erklärte Olchi-Mama. »Sie ist eine Freundin von unseren Kindern.«
»Ach wirklich?« Die Gräfin runzelte die Stirn.
»Vielleicht finden wir deine Pudel ja auch noch irgendwann«, sagte Olchi-Papa. »Olchi-Opa war mal Hundefänger und kennt sich aus mit solchen Sachen.«
»Ach ja?«, sagte die Gräfin noch einmal. Sie war einigermaßen überrascht, wie nett und freundlich diese Olchis doch waren.
»Vielen Dank, dass Sie mir helfen wollen«, sagte sie schließlich. »Wirklich sehr aufmerksam.«
Jakob machte noch einen Vorschlag: »Vielleicht darf ich den Herrschaften ein Tässchen Tee auf der Terrasse anbieten? Die Rosen im Garten duften zurzeit besonders schön.«

Die Gräfin warf Jakob einen missmutigen Blick zu. Das war zwar höflich gemeint, ging ihr aber doch ein bisschen zu weit.

Glücklicherweise half ihr Olchi-Oma aus der Verlegenheit. »Rosenduft ist leider nichts für uns«, erklärte sie.

»Wir gehen jetzt lieber heim«, sagte Olchi-Mama. »Zu Hause haben wir noch Stinkerbrühe.«

Die Olchis liefen zum Tor, drehten sich am Ende des Kieswegs aber alle drei noch einmal um.

»Wenn wir die Pudel gefunden haben, kommen wir wieder!«, rief Olchi-Papa der Gräfin zu und winkte.

Automatisch winkte die Gräfin zurück. »Na, so was«, murmelte sie. »Wer hätte das gedacht ...«

Die drei Hunde schwänzelten immer noch um ihre Beine, sie wollten anscheinend mit ins Haus.

»Ihr armen Teufel habt bestimmt keinen, der sich um euch kümmert«, sagte die Gräfin. »Ihr seid ja ganz schön abgemagert. Was mache ich nur mit euch? Jakob, führen Sie die Hunde nach hinten in den Garten. Und rufen Sie Herrn Zeiselmeier an. Er soll sich sofort um sie kümmern.«

»Sehr wohl, Madam«, sagte der Butler.

Er brachte die Hunde hinters Haus und gab ihnen ein paar Leckerli. Dann ging er in die Küche und kam wenig später mit drei weißen Porzellanschüsseln zurück. Sie waren randvoll mit biologischem Extraklasse-Hundefutter.

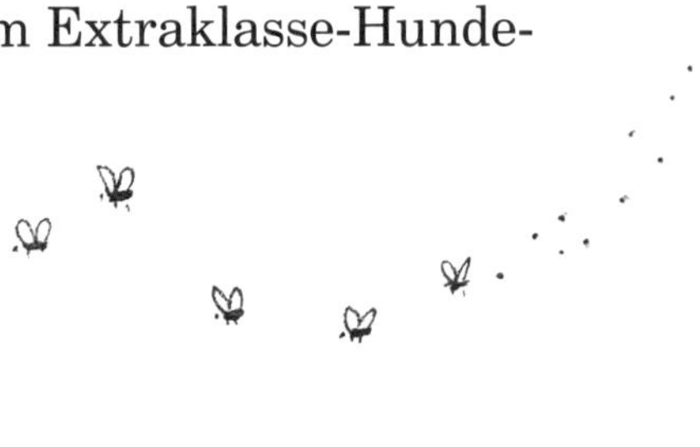

Die Jagd beginnt

Olchi-Opa saß inzwischen wieder zu Hause vor der Olchi-Höhle. Er hatte keinen einzigen Hund finden können, hatte bald aufgegeben und war heimgegangen. Da hockte er jetzt auf seinem alten Ofen, kaute missmutig an seiner Knochenpfeife herum und hörte den fetten Kröten beim Quaken zu. Ungeduldig wartete er darauf, dass die anderen Olchis endlich zurückkehrten.

Auch Vicky und die Olchi-Kinder hatten keinen Hund gefunden. Nur eine streunende Katze hatten sie gesehen, aber Tante Kreszentia hatte eine Katzenallergie, und wer weiß, ob sie sich über so ein Tier gefreut hätte.
Am Ende setzte Vicky die Olchi-Kinder in der Nähe der Müllkippe ab und radelte allein zurück zum Schloss.
Dort fand sie ihre Tante im Wohnzimmer.
»Hat man deine Pudel gefunden?«, fragte Vicky.
»Die Polizei hat noch keine heiße Spur«, meinte die Gräfin. »Aber du kannst dir nicht vorstellen, wer heute hier war. Ein paar von diesen Olchis! Sie behaupten, du wärst ihre Freundin …«

»Also, nein, ja, doch, vielleicht …«, stotterte Vicky. »Was wollten sie denn?«

»Sie brachten mir drei Streunerhunde als Ersatz für meine Pudel. Du kannst sie dir ansehen. Sie sind hinten im Garten.«

Natürlich lief Vicky gleich los, um nach den Hunden zu sehen.

»Sie sind so süß!«, rief sie begeistert. »Du wirst sie doch behalten?«

»Wir werden sehen«, sagte Tante Kreszentia. »Fass sie bitte nicht an. Herr Zeiselmeier muss sie erst mal waschen und desinfizieren.«

»Siehst du, die Olchis sind wirklich nett. Sie sind sooo hilfsbereit«, sagte Vicky.

»Ja, das kann man sagen«, bestätigte die Gräfin, und Vicky war sehr froh, als sie merkte, dass sich ihre Tante mit den Olchis anscheinend ein wenig versöhnt hatte.

Zwei Stunden später kam Herr Zeiselmeier, der Hundefriseur. Er hatte neues Hundefutter mitgebracht, drei nagelneue Halsbänder und schöne lange Leinen. Das alles hatte der Butler bei ihm bestellt.

Als Herr Zeiselmeier die Hunde sah, rümpfte er die Nase. Sicherheitshalber zog er seine Gummihandschuhe an, bevor er die Tiere anfasste. Solch verlauste Vierbeiner waren ihm noch nie untergekommen!

Er duschte die neuen Hunde mit dem Gartenschlauch

und reinigte sie sorgfältig mit Anti-Parasiten-Shampoo und Entlausungsmittel. Dann föhnte er sie trocken, und am Ende bürstete er ihnen das struppige Fell, bis es glänzte. Vicky durfte ihm dabei helfen.
Als er fertig war, wollte er die Hunde noch mit Parfüm besprühen. Doch als Vicky protestierte, ließ er es weg. Pudelparfüm passte sowieso gar nicht gut zu Streunerhunden.

Am Nachmittag tollte Vicky erst mit den Hunden im Garten herum, und später spielte sie mit Tante Kreszentia Federball. Das war keine so gute Idee, denn die Hunde wollten natürlich auch mitspielen. Sie schnappten sich die Federbälle und zerkauten sie. Oder sie rannten damit davon, um sie irgendwo im Garten zu verstecken.
Tante Kreszentia hatte bald genug von dem Ganzen und schlug Vicky eine ruhige Partie Mensch-ärgere-dich-nicht vor. Dabei verlor Vicky vier Mal, denn sie war nicht richtig bei der Sache. Viel wichtigere Dinge spukten in ihrem Kopf herum.
Heute Mittag hatte sie mit den Olchi-Kindern einen aufregenden Plan gefasst. Sie wollten sich in der Nacht gemeinsam auf die Lauer legen. Falls die Müllwerfer noch einmal kamen, wollten sie sie auf frischer Tat ertappen.

Am Abend telefonierte Vicky kurz mit ihren Eltern. Sie sagte ihnen, dass es sehr schön war bei Tante Kreszentia und überhaupt nicht langweilig, weil sie nette Freunde gefunden hatte. Und sie erzählte ihnen, dass es hier eine Menge Hunde gab, mit denen sie spielen konnte.
Als sie im Bett lag, kam Berta mit heißer Schokolade. Sie stellte sie ihr aufs Nachtkästchen und sagte: »Aber hinterher brav die Zähne putzen!«
Berta hatte gar nicht gemerkt, dass Vicky heute angezogen im Bett lag. Sie hatte Hose und T-Shirt an und sich die Decke hoch bis ans Kinn gezogen.

Vicky hatte die Schokolade geschlürft und fünfundzwanzig Seiten in ihrem Pferdebuch gelesen. Jetzt lag sie in ihrem Himmelbett, betrachtete die Blümchentapete an der Wand und gähnte zweimal hintereinander ganz laut. Das Zähneputzen hatte sie längst vergessen.

Sie kuschelte sich tief in das federleichte Daunenkopfkissen. Am liebsten wäre sie jetzt einfach eingeschlafen. Doch das ging nicht. Sie musste unbedingt wach bleiben. Sie war ja mit den Olchi-Kindern draußen an der Mauer verabredet. Glücklicherweise hatte Tante Kreszentia heute ihren Bridge-Abend in Schmuddelfing. Sobald sie das Schloss verlassen hatte, konnte Vicky sich davonschleichen.

Wann geht sie nur endlich?, dachte Vicky schläfrig. Sie krabbelte aus dem Bett, ging zum Fenster und schaute zum Zimmer ihrer Tante hinüber. Das Licht war ja schon aus!

Vicky wartete noch ein paar Minuten, dann schlich sie sich noch einmal aus dem Schloss. Inzwischen hatte sie ja schon Übung darin.

Lautlos gelangte sie bis zum Tor. Jakob hatte nichts gemerkt, und alles lief wie am Schnürchen.

Diesmal hatte Vicky den Schlüssel mitgenommen. Sie ging durch das Tor und fand die Olchi-Kinder drüben bei den Büschen auf der anderen Straßenseite.

Sie waren mit dem Drachen Feuerstuhl gekommen. Als Vicky den olchigen Drachen sah, erschrak sie. Sie hatte ihn zwar schon einmal in seiner Garage auf der Müllkippe gesehen, aber jetzt, wo sie ihm so nah war, wirkte er viel riesiger, als sie ihn in Erinnerung hatte. Aus seinen Nüstern kamen Schwefelwolken, die sie auf keinen Fall einatmen wollte.

»Feuerstühlchen tut dir nichts«, sagten die Olchi-Kinder. »Er will nur spielen.«

»Na ja, ich weiß nicht, ob ich mit ihm spielen möchte«, meinte Vicky und schaute auf die mächtigen Hasenzähne, die aus seinem Maul ragten. Sicherheitshalber hielt sie ein bisschen Abstand.

Wie geplant versteckten sie sich hinter dem Gebüsch gegenüber der Schlossmauer. Von hier aus hatten sie einen guten Überblick. Wenn diese Typen tatsächlich noch einmal kamen, dann würden sie sie sofort sehen.

Vicky schaute auf ihre Armbanduhr. Es war halb elf. Feuerstuhl hatte sich hingelegt, um ein bisschen zu dösen. Als er ein lautes Grunzen von sich gab, zuckte Vicky zusammen.

»Keine Angst, er träumt nur«, erklärten die Olchi-Kinder.

Vicky zog drei Schokoriegel aus der Tasche, die sie als Nachtverpflegung mitgebracht hatte. Sie hatte dabei allerdings ganz vergessen, dass die Olchis so etwas gar nicht mochten. Also musste sie die Riegel ganz allein aufessen.

Nach einer Weile fingen auch die Olchi-Kinder an zu gähnen, denn die Warterei wurde ihnen schnell langweilig.

Als sie schon fast aufgeben wollten, sahen sie einen Motorroller kommen.
Er hielt ein ganzes Stück weit entfernt, aber deutlich konnten Vicky und die Olchis zwei dunkle Gestalten erkennen. Die Gestalten stiegen ab und näherten sich mit schnellen Schritten der Schlossmauer.
»Das sind aber keine Müllwerfer«, meinte das eine Olchi-Kind. »Muffel-Furz-Teufel, sie haben keinen einzigen Müllsack dabei.«
»Was tun die denn?«, flüsterte das andere Olchi-Kind gespannt.
Vicky erkannte es sofort. »Sie haben Spraydosen dabei! Sie besprühen die Mauer!«
»Ist das gut?« Die Olchis hatten keine Ahnung, was Spraydosen waren. Sie kannten nur Rostdosen.
»Das ist überhaupt nicht gut«, erklärte Vicky schnell. »Das ist genauso schlimm wie Müllwerfen.«
»Schleimiger Schlammlappen, wir schnappen sie uns!«, riefen die Olchi-Kinder, und schon sausten sie los. Der Drache folgte ihnen und ließ dabei ein paar gefährliche Grunzer hören. Vicky lief hinterher.
Als die beiden Gestalten die Olchis und den Drachen auf sich zukommen sahen, ließen sie erschrocken die Spraydosen fallen. So schnell sie konnten, schwangen sie sich auf ihren Motorroller und gaben Gas. Um ein Haar hätte das eine Olchi-Kind den Roller noch zu fassen gekriegt. Doch da waren die Typen auch schon auf und davon.

»Mist«, brummte Vicky enttäuscht, »sie sind uns entwischt.«
»Wir kriegen sie noch!«, riefen die Olchi-Kinder und sprangen mit einem Satz auf Feuerstuhls Rücken. »Los, komm, beeil dich!«
»Was? Ich soll auf den Drachen …?« Vicky klopfte das Herz bis zum Hals.
»Mach schon!«, kreischten die Olchis.
Vicky überlegte nicht lange. Sie fasste die ausgestreckte Hand des einen Olchi-Kindes, ließ sich nach oben ziehen, und schwups! – saß sie auf dem Drachen.
Feuerstuhl hob schnaubend ab, und sie nahmen die Verfolgung auf.

Die Typen fuhren anscheinend direkt nach Schmuddelfing.
»Da vorn sind sie!«, rief Vicky. Sie saß ziemlich verkrampft auf dem Drachen und klammerte sich fest, so gut es ging. Die Drachenhaut fühlte sich glatt und schuppig an, und es war gar nicht leicht, sich daran festzuhalten. Immer wieder bekam sie eine von Feuerstuhls Stinkerwolken ins Gesicht gepustet. Sie traute sich kaum, zu atmen. Der Drache stieß sein tiefes Drachengrunzen aus, das Vicky an ein wild gewordenes Warzenschwein erinnerte.
Schon tauchten die ersten Häuser von Schmuddelfing unter ihnen auf. Als Feuerstuhl einen scharfen Schlenker machte, verfehlte er nur knapp einen Schornstein. Vicky kreischte auf. Das war ja schlimmer als in einer Achterbahn!
Endlich war der Motorroller direkt unter ihnen. Die Typen waren ziemlich schnell, mit Vollgas rasten sie durch die verlassenen Straßen.
»Flieg tiefer, Feuerstuhl, wir schnappen sie uns!«, kommandierte das eine Olchi-Kind.
»Glitschiger Pampenwurm!«, freute sich das andere Olchi-Kind. Anscheinend machte ihnen das Wettrennen jetzt richtig Spaß.
Der Motorroller überholte ein paar Autos. Er bremste scharf ab, kam beinahe ins Schleudern und bog in allerletzter Sekunde in eine Seitenstraße ein.

Feuerstuhl konnte nicht so schnell abbremsen. Er zischte ein ganzes Stück weiter geradeaus, flog dann eine scharfe Kurve und nahm die Verfolgung wieder auf.
»Ich will absteigen!«, rief Vicky verzweifelt. »Sofort, bitte!« Die drei Schokoriegel in ihrem Magen fühlten sich gar nicht gut an.
»Kröterich, doch nicht jetzt!«, rief das eine Olchi-Kind.
»Bitte sofort! Mir ist schlecht!« Vicky meinte es ernst.
Die Olchi-Kinder bremsten Feuerstuhl ab und lenkten ihn nach unten, um Vicky irgendwo abzusetzen.
»Steig ab und beeil dich!«, sagten sie, als der Drache wieder festen Boden unter den Füßen hatte.
Vicky rutschte vom Drachen und schaute sich um.
Sie waren auf einem großen flachen Dach gelandet.
»Warte hier, wir holen dich wieder ab«, befahl das eine Olchi-Kind.
»Ich will hier nicht allein bleiben«, jammerte Vicky. »Vergesst den Motorroller und lasst die Typen einfach fahren. Aber lasst mich nicht allein hier auf dem Dach!«
»Muffel-Furz-Teufel, stell dich nicht so an! Wir kommen doch gleich wieder«, sagte das eine Olchi-Kind.
Feuerstuhl donnerte schon wieder los, und Vicky blieb allein zurück. Mitten in der Nacht auf dem Flachdach vom Schmuddelfinger Parkhaus.

Robin und Gustav

Da stand sie nun und schaute den Olchis nach, wie sie in den Straßenschluchten verschwanden.
Vicky kam sich total verloren vor. »Ooolchiiis! Kommt zurück!«, rief sie noch einmal, so laut sie konnte. Doch die Mühe hätte sie sich sparen können.
Sie ging nach vorn zur Kante des Gebäudes und beugte sich über das Geländer. Das Parkhaus war bestimmt zwanzig Meter hoch. Von hier oben hatte man einen schönen Blick über die Stadt. Tief unten fuhren ein paar Autos vorbei, und in dem Bürohaus gegenüber waren noch die Lichter an. Sie sah ein paar Männer an ihren Schreibtischen am Computer sitzen.
Vicky schaute sich auf dem Dach genauer um. Hier gab es nichts außer diesem Geländer und auf der anderen Seite ein Betonhäuschen mit einer Tür. Sie ging hin, doch die Tür war abgeschlossen.
Das darf doch nicht wahr sein! Ich bin gefangen!, dachte sie wütend und stampfte ein paarmal kräftig mit den Füßen auf. Doch das half auch nichts.
Ihr blieb nichts anderes übrig, als zu warten. Wer weiß, wie lange es dauert, bis die Olchis wiederkommen, dachte

sie. Hoffentlich vergessen sie mich nicht. Hoffentlich finden sie mich wieder!
Leider hatte sie kein Handy dabei. Viele Kinder aus ihrer Klasse besaßen schon ein eigenes Handy, nur sie nicht. Doch wen hätte sie auch anrufen sollen? Tante Kreszentia war sowieso nicht zu Hause, und der Butler wäre bestimmt nicht begeistert, wenn er sie mitten in der Nacht in Schmuddelfing vom Parkhaus holen müsste. Wie hätte sie ihm das auch erklären sollen?

Sie könnte auch Herrn Schnurrhahn von der Polizei anrufen, der würde sie bestimmt irgendwie befreien. Doch wie war die Nummer der Polizei? Vicky überlegte. Sie wusste es nicht. Aber es war egal, sie hatte ja sowieso kein Telefon.
So gut es ging, machte sie es sich auf dem harten Betonboden bequem. Sie verschränkte die Arme hinter dem Kopf und schaute hinauf in den Nachthimmel. Und dann wartete und wartete und wartete sie und dachte dabei an ihr herrlich weiches Himmelbett, an ihre schönen Bücher und an Bertas wunderbare heiße Schokolade. Aber das machte alles nur noch schlimmer.
Oben am Himmel hingen ein paar dunkle Wolkenfetzen, hinter denen sich der Mond verkrochen hatte. Vicky zählte genau neunundvierzig Sterne, und plötzlich sah sie eine Sternschnuppe. Sie machte die Augen zu. Jetzt durfte sie sich etwas wünschen.
Wenn sie sich beim Wünschen ganz fest konzentrierte, ging der Wunsch vielleicht in Erfüllung.

Den Olchi-Kindern machte die Motorradverfolgung unterdessen das allergrößte Vergnügen. Feuerstuhl sauste im Zickzack über die Häuser der Stadt, und die Olchis riefen immer wieder:

»Fliegenfurz und Mäusemist,
wir zeigen euch, wer schneller ist!«

Um diese Uhrzeit waren nur noch wenige Autos unter-

wegs. Da unten fuhr der letzte Bus, und ein Polizeiauto jagte mit hoher Geschwindigkeit die Hauptstraße entlang.
Zwei Fußgänger überquerten eine Kreuzung, eine Gruppe Jugendlicher kam gerade aus einer Diskothek. Sie hatten den Olchi-Drachen über sich entdeckt und winkten den Olchis zu.
Auch ein Radfahrer reckte den Kopf nach dem Drachen. Um ein Haar wäre er gegen einen Laternenmast geknallt. Die Olchi-Kinder fanden das sehr komisch und riefen:
»Schimmelpilz und Knochenfäule,
wer nicht aufpasst, kriegt ’ne Beule!«
Feuerstuhl kreiste wie ein Hubschrauber über der Stadt, und die Olchi-Kinder suchten die Straßen ab. Endlich entdeckten sie den Motorroller in einer Seitenstraße. Sie lenkten Feuerstuhl tiefer in die Häuserzeile hinein, und als der Roller an einer roten Ampel stehen bleiben musste, landeten sie direkt hinter ihm. Die Olchis hüpften auf die Straße, doch im selben Moment sprang die Ampel auf Grün. Die Typen hatten sie entdeckt und gaben Gas.
Doch da hatte das eine Olchi-Kind den Roller auch schon hinten am Gepäckträger gepackt.
Der Motor jaulte laut auf, die Räder drehten durch, aber das Olchi-Kind hielt eisern fest.
Zwei große Jungs saßen auf dem Roller.
»Was soll das?!«, kreischte der eine.

»Lass los, du Wicht!«, schrie der andere, der hinten saß, und versuchte, das Olchi-Kind wegzuboxen.
»Krötige Rostbeule, hierbleiben und absteigen!«, befahl das Olchi-Kind.
Die Olchi-Kinder packten den schweren Motorroller und stemmten ihn einfach in die Höhe. So leicht, als wäre er eine Obstkiste.
»Lasst uns runter! Seid ihr verrückt?«, quiekten die beiden Jungs. Dass die kleinen Olchis so stark waren, jagte ihnen einen gewaltigen Schrecken ein.
Der olchige Drache ließ ein tiefes Grunzen hören. Aus

seinen Nüstern blies er eine gewaltige Stinkerwolke, sodass den beiden beinahe die Luft wegblieb.
Endlich setzten die Olchi-Kinder den Roller wieder ab und ließen die beiden absteigen. Sie sahen blass aus, und man merkte, dass sie ziemlich weiche Knie hatten, denn der eine von ihnen musste sich am Roller festhalten.
Die Olchi-Kinder riefen: »Muffel-Furz-Teufel! Warum habt ihr leckeren Müll über die Mauer geworfen? Warum habt ihr die Hunde weggenommen? Wo habt ihr sie versteckt? Warum habt ihr die Mauer vollgesprüht? Glibberschlammige Matschbeulengräte! Krötenschleimiger Käsesockenfurz!«
Das waren eine Menge Flüche und Fragen auf einmal. Doch die beiden hatten gleich begriffen, um was es ging und dass man sie überführt hatte.
»Äh, ja, schon …«, begann der eine.
»Wir können das alles erklären …«, stotterte der andere.
Sie sagten, dass sie Gustav und Robin hießen. Der Papa von Robin war Gemüsehändler, und die Mama von Gustav hatte einen kleinen Schokoladenladen in Schmuddelfing.
»Wenn das Center gebaut wird, dann gehen unsere Läden bestimmt pleite«, versuchte Robin zu erklären. »Wovon sollen wir dann leben?«
»Schleime-Schlamm-und-Käsefuß, was ist denn *pleite*?«, überlegte das eine Olchi-Kind.
Gustav sagte: »So ein Einkaufscenter kann alles viel

billiger verkaufen als unsere Eltern mit ihren kleinen Geschäften. Kein Mensch wird dann noch unsere Sachen kaufen wollen.«

»Wir kaufen sowieso nie irgendwas«, überlegte das eine Olchi-Kind. »Wir finden alles auf dem Müllplatz.«

»Aha«, staunte Gustav.

»Wir mögen auch überhaupt kein Obst und Gemüse«, sagte das andere Olchi-Kind. »Davon kriegen wir bunte Flecken.«

»Äh ...?«, sagte Robin.

»Schokolade ist gar nicht krötig«, meinte das eine Olchi-Kind. »Die mögen wir auch nicht.«
Trotzdem hatten die Olchis das Problem von Robin und Gustav jetzt verstanden. Es hatte eine Weile gedauert, aber nun war ihnen alles klar.
»Und deswegen habt ihr die Anschläge verübt?«, fragten sie.
»Ja, genau!«, rief Gustav. »Uns ist nichts anderes eingefallen und wir mussten irgendwas machen. Die Gräfin darf ihr Grundstück nicht an die Leute vom Einkaufscenter verkaufen! Wir müssen das verhindern.«
»Pampiger Schneckerich«, sagte das eine Olchi-Kind. »Aber es ist gar nicht krötig, wenn ihr Vickys Tante die Pudel wegnehmt. Sie ist traurig deswegen.«
»Die Hunde kriegt sie schon wieder«, erklärte Robin schnell. »Denen geht es gut. Wir haben sie nur zwischengelagert, bei uns daheim im Gemüseschuppen.«
»Wir wollten der Gräfin doch nur einen Schrecken einjagen«, sagte Gustav.
»Ihr müsst die Hunde wieder rausrücken«, befahl das eine Olchi-Kind. »Jetzt sofort!«
»Sie sind, äh, da drüben ...«, stotterte Robin und zeigte auf ein gelbes Haus am Ende der Straße.
Gustav und Robin führten die Olchis zu dem Gemüselager. Es war in einer alten Garage untergebracht, im Innenhof hinter dem gelben Haus.
Als sie die Tür der Garage öffneten, standen die drei

Pudel schon dahinter, wedelten wie verrückt mit ihren Schwänzen und freuten sich über den Besuch. Es schien ihnen tatsächlich gut zu gehen.
»Wir bringen euch jetzt zu Vicky«, sagte das eine Olchi-Kind. »Sie wartet oben auf einem Dach auf uns.«
Gustav und Robin schauten das Olchi-Kind fragend an. »Wer sitzt wo auf einem Dach?«
»Vicky. Weil ihr beim Fliegen schlecht wird«, erklärte das Olchi-Kind. »Und du«, es zeigte auf Robin, »darfst Vicky und die Hunde jetzt mit deinem Motordingsda zurück zum Schloss fahren.«
Robin verstand nicht so recht, was das Olchi-Kind meinte, aber er nickte mit dem Kopf und traute sich nicht, zu widersprechen.
Das andere Olchi-Kind sagte zu Gustav: »Du musst nicht mitkommen, dich brauchen wir nicht mehr. Du darfst nach Hause gehen.«
Das ließ sich Gustav nicht zweimal sagen. Schon war er draußen und auf und davon.

Robin und die Olchi-Kinder machten sich jetzt auf den Weg zu Vicky. Robin fuhr auf seinem Motorroller, und das eine Olchi-Kind saß hintendrauf. Amor, Pollux und Aphrodite liefen neben ihnen her. Robin fuhr deshalb extra etwas langsamer.
Das andere Olchi-Kind hatte sich auf Feuerstuhl gesetzt und kam als Erster am Parkhaus an.

Vicky war heilfroh, als der Drache endlich neben ihr landete.
»Endlich kommst du!«, rief sie. »Es war ganz schön langweilig hier oben!«
»Wir konnten nicht eher. Wir hatten zu tun«, sagte das Olchi-Kind.
Es erzählte Vicky, was inzwischen geschehen war. Dass sie die Hunde befreit hatten und dass Vicky gleich mit Robin auf dem Motorroller zum Schloss zurückfahren sollte.
Vicky konnte kaum glauben, was sie da hörte. Dass die Pudel befreit waren, fand sie natürlich krötig. Aber dass sie mit diesem Ganoven auf dem Roller fahren sollte, gefiel ihr überhaupt nicht.
»Dann musst du nicht mehr auf unserem Drachen fliegen«, meinte das Olchi-Kind. »Und dieser Robin ist eigentlich ganz nett.«
»Wer uns Müll in den Garten schmeißt und Hunde entführt, der ist nicht nett!«, rief Vicky.
»Also los, nun komm, steig auf Feuerstuhl. Einmal musst du noch fliegen«, sagte das Olchi-Kind und half Vicky auf den Drachen.
Vickys letzter Flug war wirklich nur ganz kurz. Der Drache stieg langsam und vorsichtig hoch und setzte Vicky behutsam unten auf dem Gehweg wieder ab.
Da kamen auch schon die anderen auf dem Roller die Straße entlang.

»Amor! Pollux! Aphrodite!«, rief Vicky, als sie die Pudel auf sich zurennen sah.
Die Hunde sprangen an ihr hoch und freuten sich genauso wie sie.
»Wie gut, dass ihr wieder da seid!«
Vicky schmuste eine ganze Weile mit ihnen. Dann erst schaute sie sich diesen Robin an. Mit seinem schwarzen Motorradhelm sah er ziemlich gefährlich aus.
Doch als er zu ihr sagte: »Ich soll dich heimfahren. Du kannst hinten aufsteigen«, da überlegte sie nicht länger.
Sie sagte: »Na gut. Du kennst ja den Weg.«
Robin gab ihr seinen Reservehelm, Vicky stülpte ihn sich auf den Kopf und kletterte hinten auf den Roller. Los ging es, zurück zum Schloss.

Ein Lob für Herrn Schnurrhahn

Als Robin und Vicky am Stadtrand angekommen waren, wurde der Roller von einem Polizeiauto mit Blaulicht gestoppt. Robin musste anhalten. Ein Polizist stieg aus und kam zu ihnen herüber.

»Mist«, brummte Robin.

Auch Vicky hatte ein mulmiges Gefühl und dachte: Bestimmt findet es die Polizei gar nicht gut, dass ich so spät in der Nacht noch unterwegs bin.

Der Polizist wollte Robins Führerschein sehen, und plötzlich erkannte Vicky, dass es Herr Schnurrhahn war.

»Na, so was! Bist du nicht die kleine Vicky?«, sagte Schnurrhahn zu ihr. »Mit dem Helm hätte ich dich beinahe nicht erkannt.« Er zeigte auf die drei Pudel. »Und das da sind wohl die Hunde der Frau Gräfin? Wo habt ihr sie denn gefunden?«

»Sie waren bei mir«, erklärte Robin. »Aber ich hab gut auf sie aufgepasst.«

»Er hat sie geklaut«, sagte Vicky schnell.

»So, so.« Schnurrhahn zog die Augenbrauen hoch. »Na, das wird ja immer lustiger. Und was macht die kleine Vicky da mitten in der Nacht auf dem Motorrad eines

Hundediebes? Kinder wie du sollten um diese Zeit längst im Bett sein.«
Vicky erklärte: »Ich bring nur noch schnell die Hunde heim, dann geh ich ins Bett.« Sie hatte keine Lust, dem Polizisten jetzt die ganze Geschichte zu erzählen.
»Wir werden das klären«, meinte der Polizist. »Steig in meinen Wagen, Vicky. Ich bringe dich jetzt aufs Schloss. Und du, junger Mann«, er wandte sich an Robin, »fährst hinter mir her.«
Er stieg wieder in sein Polizeiauto, und so, wie es Herr Schnurrhahn befohlen hatte, fuhr Robin hinter ihm her bis zum Schloss.

Als sie dort ankamen, sah Vicky, dass im Wohnzimmer das Licht an war. Das war ungewöhnlich um diese Zeit, denn es war schon halb zwei.
Der Polizist hielt direkt vor dem Tor, und Robin parkte seinen Roller an der Mauer. Vicky klingelte, das Tor ging auf. Die Pudel sausten sofort die Auffahrt hoch und begrüßten bellend und wedelnd die Gräfin, die mit sorgenvoller Miene in der Tür stand.
Sie herzte und knuddelte ihre Hunde und rief Vicky zu: »Wo warst du denn? Ich hab mir solche Sorgen gemacht!«
»Ich bring die Pudel zurück«, sagte Vicky.
»Als wir merkten, dass du nicht in deinem Zimmer warst, haben wir alles nach dir abgesucht. Jakob ist gerade dabei, die Polizei anzurufen.«

»Na, das ist ja wohl nicht mehr nötig«, meinte Herr Schnurrhahn. »Ich bringe Ihnen hier Ihre Nichte zurück. Ebenso die Hunde.« Er warf einen strengen Blick auf Robin. »Und den Übeltäter habe ich wohl auch erwischt.«
»Sehr schön«, meinte die Gräfin. »Auf unsere Polizei ist eben Verlass.«
»Natürlich, natürlich«, antwortete Herr Schnurrhahn und machte ein sehr zufriedenes Gesicht.
Nun musste Robin sein Geständnis ablegen. Er gab zu, dass er den Müll zusammen mit Gustav über die Mauer geworfen hatte und dass sie zusammen die gräfliche Mauer besprüht hatten.
Aber er sagte auch: »Wenn Sie dieses Grundstück verkaufen und wenn das Center gebaut wird, dann verlieren meine Eltern ihr Geschäft. Und bei Gustav ist das genauso. Seine Mutter hat einen Schokoladenladen.«
»Na, na, na ...«, murmelte die Gräfin. »Und deshalb musstet ihr mir so etwas antun?«
»Wir wussten nicht, was wir sonst machen sollten«, erklärte Robin. »Wir wollten unseren Eltern eben helfen.« Er machte dabei ein sehr unglückliches Gesicht, und die Gräfin sah ihn nachdenklich an.
»Na, ich werde mich morgen damit befassen«, murmelte sie.
Die beschmierte Mauer hatte sie noch gar nicht bemerkt, und alle zusammen gingen noch einmal nach draußen, um sich die Bescherung anzusehen.

Da stand in riesengroßen Buchstaben:
KEIN EINKAUFSCEN
Mehr hatten die beiden nicht schreiben können, sie waren ja gestört worden.
Der Polizist ließ sich von Robin nun auch Gustavs Adresse geben. Er notierte alles in seinem Notizbuch und befahl ihm, gleich morgen die Schmiererei von der Mauer zu entfernen.

Er sollte ein Reinigungsmittel besorgen, zusammen mit Gustav wiederkommen und alles sauber machen. Robin versprach es. Dann durfte er endlich heimfahren, und die anderen gingen zurück ins Haus.
Auch Herr Schnurrhahn kam noch mit, und sie setzten

sich im Wohnzimmer an den Kamin. Die Pudel machten es sich zwischen den Sesseln von Vicky und der Gräfin auf dem Teppich bequem.

Jakob hatte inzwischen Kräutertee gemacht.

»Bedienen Sie sich, lieber Herr Schnurrhahn«, sagte die Gräfin. »Danach können Sie wieder gestärkt auf Verbrecherjagd gehen.«

»Sehr gern, sehr liebenswürdig«, murmelte der Polizist.

Herr Schnurrhahn und die Gräfin saßen eine ganze Weile da und unterhielten sich über Dinge, die Vicky nicht verstand und die sie nicht die Bohne interessierten. Sie redeten über Verträge, Landbesitz und Grundstückspreise. Vicky streichelte derweil die Pudel.

Die große Standuhr in der Ecke schlug halb drei, als Schnurrhahn seine zweite Tasse ausgetrunken hatte und sich verabschiedete.

»Auf Wiedersehen, gnädige Frau!«, sagte er zur Gräfin. »Es freut mich, dass ich Ihren Fall so schnell lösen konnte.«

Tante Kreszentia begleitete ihn noch zur Tür.

Als sie zurückkam, sagte sie zu Vicky: »So, und nun erzählst du mir mal, wo du die halbe Nacht gewesen bist. Was hast du dir dabei gedacht? Mir so einen Schrecken einzujagen!« Sie nahm wieder Platz in ihrem Sessel und schaute zu ihrer Nichte hinüber.

»Hallo, Viktoria?«

Doch Vicky war längst eingeschlafen.

Hunde, Hunde, Hunde!

Am nächsten Tag kam der Hundefriseur und kümmerte sich um die Pudel. Sie mussten nach ihrem Aufenthalt im Gemüselager dringend gewaschen, geföhnt und gebürstet werden. Herr Zeiselmeier suchte sie auch nach Flöhen und Zecken ab, konnte aber nichts finden. Da heute Nachmittag die große Hundeausstellung stattfinden sollte, mussten die Pudel auf Vordermann gebracht werden. Sie sollten schließlich picobello aussehen.
Die Gräfin hatte beschlossen, nun auch die drei Streunerhunde zu behalten. Sie wollte ihnen ein neues Zuhause geben, und Vicky durfte sich Namen für sie ausdenken. Den dreibeinigen Jack Russell nannte sie Jack, der Schwarze hieß jetzt Blacky und der Braune Fredi.
Zum Glück vertrugen sich die Pudel mit den Neuankömmlingen prächtig. Jetzt liefen sechs Hunde im Schlosspark herum, und die Gräfin war sehr erfreut über so viel Hundeglück.

Pünktlich um zwölf standen Gustav und Robin vor der Tür. Sie waren gekommen, um die Schrift wieder von der Mauer zu entfernen. Jakob beaufsichtigte das Ganze.
»Kommen diese beiden Olchis auch?«, fragte Robin besorgt. Er dachte immer noch mit großem Respekt an die starken Olchi-Muskeln und wollte den Olchi-Kindern lieber nicht noch mal begegnen.
»Nicht dass ich wüsste«, konnte Jakob ihn beruhigen.
Robin und Gustav machten sich an die Arbeit, doch leider war die Sprayfarbe ziemlich hartnäckig. Obwohl sie aus Leibeskräften schrubbten, hatten sie wenig Erfolg.
Am Ende fand Jakob dann eine passende Wandfarbe im Keller, und Robin und Gustav mussten die Schrift viermal überstreichen, bis sie völlig verschwunden war.
Danach war die Mauer wieder so gut wie neu, und die beiden konnten nach Hause gehen.

Die Gräfin war blendender Laune und summte fröhlich vor sich hin. Heute Nachmittag war es so weit. Sie wollte mit Vicky und Jakob nach Schmuddelfing fahren und bei der Hundeausstellung ihre schönen Pudel vorführen. Bestimmt würden sie einen Pokal gewinnen. Die Gräfin setzte ihren Strohhut mit der breiten Krempe auf und nahm ausnahmsweise ein bisschen Lippenstift.
Auch Vicky freute sich schon riesig. Am liebsten hätte sie auch die beiden Olchi-Kinder dabeigehabt, doch sie traute sich gar nicht, zu fragen. Aber sie schlug der Tante

vor: »Wie wäre es, wenn wir auch Jack, Blacky und Fredi mitnehmen? Vielleicht gewinnen sie ja auch einen Preis.«
»Ach, Kind«, meinte die Tante. »Die drei sind zwar lieb und nett, aber Preise gewinnen nur erstklassige Rassehunde.«
Aber Vicky fing hartnäckig an zu betteln, und weil sie gar so drängte, gab die Gräfin schließlich nach und war einverstanden.

Jakob holte den Jeep mit der Ladefläche, auf der alle sechs Hunde hinten bequem Platz hatten.
In Schmuddelfing fanden sie einen Parkplatz gleich neben der Ausstellungshalle. Stolz führte Vicky Blacky, Jack und Fredi an ihren Leinen, und Jakob kümmerte sich um Amor, Pollux und Aphrodite.
Die drei Pudel sahen wunderschön aus. Ihr Fell war perfekt geschoren, die roten Schleifen auf ihren Köpfen wirkten sehr apart, und die nagelneuen Halsbänder und Leinen hatte die Gräfin erst letzte Woche mit der Post kommen lassen. Sie passten haargenau zur Farbe des Fells.
Die Gräfin ging voran. Am Eingang mussten sie ihre Hunde zuerst anmelden. Tante Kreszentia kramte die Lesebrille aus ihrer nagelneuen Handtasche und begann die Meldebögen auszufüllen.
Auch Vicky bekam drei Anmeldescheine in die Hand ge-

drückt. Sie schnappte sich einen Kuli und meldete schnell auch die drei Streunerhunde an. Bei Rasse schrieb sie: *seltene Rasse*, und beim Alter schätzte sie einfach.
»Aber Vicky, das hat doch keinen Sinn«, meinte ihre Tante lächelnd.
Doch Vicky hörte gar nicht hin. Sie staunte, wie viele Menschen und Hunde hier in der Halle herumliefen.
Man sah Hunde in allen Rassen und Formen, aber besonders bei den Pudeln war die Konkurrenz groß. Es gab Großpudel, Kleinpudel, Zwergpudel und Toypudel, und

die Gräfin kannte sie alle und erklärte Vicky die Unterschiede.
Alle Pudel waren perfekt geschoren und gepflegt. Einige hatten schicke Mäntelchen an, anderen hatte man kleine Zöpfchen geflochten, und einem armen Würstchen hatte man sogar Schuhe angezogen und ein Kopftuch umgebunden. Aber Vicky dachte, dass die Pudel ihrer Tante bestimmt trotzdem die allerschönsten waren.
Schon bald fand Vicky das Treiben in der überfüllten Halle ziemlich unübersichtlich. Ihre Tante gab sich die größte Mühe, ihr alles zu erklären.
»Dort drüben gibt es eine Spezialhundeschau für die verschiedenen Rassen. Für Hütehunde, Pinscher, Schnauzer, Terrier, Dachshunde, Windhunde und für Pudel.«
»Und was gibt es für die Mischlinge?«, fragte Vicky.
»Ich weiß nicht, ob es hier für Mischlinge überhaupt etwas gibt«, antwortete Tante Kreszentia.
Sie schlenderten durch die Halle, und Tante Kreszentia zeigte Vicky die beiden Vorsitzenden des Pudelvereins und die Leiterin des Schmuddelfinger Hundeklubs.
Als sie sagte: »Dort drüben beginnt in fünf Minuten der Zuchtgruppen-Wettbewerb und danach gleich der Spitzen-Zuchtgruppen-Wettbewerb, mit dem Schönheits-Championat«, da begann es in Vickys Kopf endgültig zu schwirren.
»Wann kriegen denn unsere Hunde endlich ihre Preise?«, fragte sie ungeduldig.

Tante Kreszentia stolzierte durch die Menge, grüßte freundlich nach links und rechts, und Vicky wunderte sich, wie viele Leute ihre Tante kannte.
Sie kamen an Tischen vorbei, auf denen ein paar armen Hunden noch schnell der letzte Schliff verpasst wurde. Fleißige Friseure waren hier zugange. Sie schabten und schoren an den Pudeln herum und schnippelten ihnen letzte überflüssige Härchen vom duftenden Fell. Die Felle mussten glänzen, die Krallen mussten die richtige Länge aufweisen, und auch der Zahnstein musste ordentlich entfernt sein.
Endlich waren die Pudel der Gräfin an der Reihe, zum Wettbewerb anzutreten. Jakob führte sie nach vorn vor die Preisrichter, und Vicky und die Gräfin setzten sich mit den Streunerhunden ins Publikum.
Die Pudel der Gräfin machten eine gute Figur. Ruhig und erhobenen Hauptes standen sie vor den Richtern, genau so, wie es sein sollte.
Einer der Richter sprach mit ruhiger Stimme durch den Lautsprecher: »Gestraffter Körper. Ohren gut gestellt ...«
»Na, siehst du«, flüsterte Tante Kreszentia Vicky zufrieden zu.
Ihre drei Pudel wurden hintereinander im Schritt und im Trab durch den Ring geführt, damit man den Gang beurteilen konnte.
Wieder hörte man den Lautsprecher: »Aufrechter, tän-

zelnder Gang, Gesichtsausdruck interessiert, leichtfüßig alle drei ...«

»Na also, alles wunderbar!« Die Gräfin freute sich und stupste Vicky in die Seite.

Anschließend mussten die Pudel in aufrechter Haltung ruhig stehen und die Zahnkontrolle über sich ergehen lassen. Das fand Vicky ziemlich doof.

Die Pudel wurden genau abgemessen. Ihre Höhe, die Länge und Breite der Körper, dann der Kopf, der Hals, der Schwanz, die Schultern und alle Gliedmaßen.

Die Schur des Fells wurde positiv bewertet.

»Kein Wunder, Herr Zeiselmeier ist ein Künstler«, flüsterte die Gräfin lächelnd.

Doch plötzlich hörten sie den Richter sagen: »Rute zu tief angesetzt, drei Zentimeter.« Er meinte Pollux, den schwarzen Pudel. Dessen Schwanz saß offenbar drei Zentimeter tiefer als vorgeschrieben – und das bedeutete einen Fehler.

Das Lächeln auf dem Gesicht der Gräfin war verschwunden.

Jetzt meckerte der Richter auch noch an Amor herum. Er sagte: »Haarform gut, aber nicht ideal. Augen zu groß, ein wenig zu dunkel.« Auch das war ein schwerwiegender Fehler. Die Augen sollten genau die richtige Größe haben, und zu dunkel durften sie auch nicht sein.

»Ach, du liebes bisschen!«, murmelte die Gräfin enttäuscht.

Bei Aphrodite, ihrem weißen Pudel, hieß es zu guter Letzt, sie sei zwei Zentimeter zu hoch. Erlaubt waren 62 Zentimeter, und Aphrodite hatte 64.
»Ein ausschließender Fehler«, sagte die Gräfin leise, und Vicky sah ihre Tante blass werden. Anscheinend war ein »ausschließender Fehler« etwas ganz Schlimmes.
Jakob brachte die Pudel wieder zurück. Die Gräfin streichelte und lobte sie trotz ihrer Makel: »Meine Süßen! Ihr habt eure Sache wirklich fein gemacht!« Sie kramte ein paar Hunde-Leckerli aus der Handtasche und belohnte ihre Lieblinge damit.
Als dann die anderen Pudel an der Reihe waren, war die Gräfin gar nicht mehr recht bei der Sache.
Am Ende standen drei Gewinnerpudel auf dem Podest. Die Sache war klar, von Tante Kreszentias Pudeln war keiner dabei. Den ersten Preis hatte eine schneeweiße Königspudeldame gewonnen. Sie bekam den größten Pokal und die Note »vorzüglich«.
Amor, Pollux und Aphrodite hatten nur ein »Vielversprechend« bekommen, aber die Gräfin wollte überhaupt nichts davon wissen.

Nach dem Wettbewerb schauten sie sich draußen auf dem Freigelände die Vorführungen an. Ein paar dressierte Hunde trugen Mäntelchen, Hüte, Schuhe und Mützchen und führten so die neueste Hundemode vor. Tante Kreszentia fand das ganz reizend, doch Vicky konnte nur die

Nase rümpfen. Sie fand, man sollte mit Hunden keine so dummen Späße treiben.
Die Filmhundeshow war da schon besser.
Die klugen Filmhunde holten Wäsche aus einer Waschmaschine und hängten sie an einer Leine auf. Anscheinend machte es ihnen großen Spaß. Einer konnte auf Kommando durch Fensterscheiben aus durchsichtigem Zuckerglas springen. Ein anderer hüpfte seinem Trainer auf den Rücken und hängte sich mit den Zähnen an seine Kapuze.
Ein Dritter räumte Gegenstände vom Fußboden – ein

Schlüsselbund, ein Handy und einen Geldbeutel – und legte alles in eine Schublade. Am Ende machte er die Schubladen mit den Vorderpfoten zu, und die Zuschauer applaudierten begeistert.

Hinten am Zaun fand jetzt ein Wettbewerb für Mischlingshunde statt.

»Da müssen wir mitmachen!«, rief Vicky und lief mit ihren Hunden hinüber zum Veranstalter.

Was danach kam, das hätte sich Tante Kreszentia im Traum nicht gedacht. Sogar Jakob, der sonst immer cool und gelassen wirkte, grinste übers ganze Gesicht.

Blacky, Fredi und Jack gewannen jeder einen ersten Preis!

Fredi wurde der Beste beim Agility-Wettbewerb. Er durfte durch Röhren kriechen, über Balken balancieren und blitzschnell zwischen Stangen hindurchwedeln wie ein Slalomläufer auf der Skipiste. Er war der Schnellste, machte alles fehlerfrei und gewann einen silbernen Pokal.

Jack mit seinen drei Beinen beeindruckte die Preisrichter, weil er so klug war. Er hatte die beste Nase von allen Teilnehmern und gewann den ersten Preis im Aufspüren von versteckten Gegenständen.

Bei Blacky passierte etwas Merkwürdiges. Ein paar Experten vom Schmuddelfinger Hundeklub erkannten, dass er gar kein Mischling war. Blacky war ein Rassehund, ein sehr seltenes Exemplar eines Amerikanischen

Staghounds. Und da ein so schönes schwarzes Fell wie das seine bei Staghounds nicht oft vorkommt, bekam Blacky den Preis für den außergewöhnlichsten Hund von ganz Schmuddelfing.
Als sie am Abend zurück zum Parkplatz gingen, sagte Tante Kreszentia immer wieder: »Na, so etwas, wer hätte das gedacht ...« Sie war ein bisschen unglücklich über das Abschneiden ihrer Pudel, aber sie freute sich über das unerwartete Glück der neuen Hunde. Dass ihr Blacky jetzt ein so wertvoller Rassehund war, machte sie natürlich besonders glücklich.
Jakob lächelte still in sich hinein. Er führte alle sechs Hunde an ihren Leinen, denn Vicky hatte keine Hand frei. Sie musste die drei silbernen Pokale zum Auto schleppen.

Eine gute Entscheidung

Zu Hause standen die beiden Olchi-Kinder vor dem Tor. »Anscheinend haben wir Besuch«, sagte die Gräfin. Jakob ließ die Hunde vom Jeep springen. Sofort begannen sie, neugierig an den Olchis herumzuschnüffeln. »Hallo, Vicky!«, sagten die Olchi-Kinder. »Uns ist heute ein bisschen langweilig. Magst du mit uns spielen?« »Äh, ja, schon, ich weiß nicht«, meinte Vicky unsicher und linste zu ihrer Tante hinüber. Bestimmt gefiel es ihr gar nicht, dass die Olchis gekommen waren.
Doch die Gräfin hatte immer noch ihr Hundeglück-Lächeln im Gesicht. Erstaunlicherweise sagte sie: »Na, meinetwegen. Aber spielt bitte hinten im Garten.«
Vicky drückte ihrer Tante die Pokale in die Hand und sauste mit den Olchi-Kindern los. Die Hunde liefen kläffend hinterher.
»Nun ja, es sind eben Kinder«, sagte die Gräfin zu ihrem Butler. »Da muss man manchmal ein Auge zudrücken.«
»Ganz Ihrer Meinung, Madam«, entgegnete Jakob.
Er nahm der Gräfin die Pokale ab und stellte sie im Wohnzimmer auf den Kaminsims.

Vicky und die Olchi-Kinder rannten mit den Hunden im Garten um die Wette. Die Olchis wälzten sich mit den Pudeln bei den Gemüsebeeten in der feuchten Erde, und die Pudel hatten einen Mordsspaß dabei. Plötzlich sahen sie gar nicht mehr vornehm aus.
Dann versteckte Vicky Leckerli, und die Hunde und die Olchis mussten sie suchen. Aber da die Olchi-Kinder mindestens so gute Nasen wie die Hunde hatten, fanden sie die allermeisten und futterten sie ihnen weg.
Anschließend hüpften die Olchis ein wenig im Komposthaufen herum.
»He, was fällt euch ein?«, rief Herr Weißbrot. Er kam mit finsterer Miene angelaufen. Was hatten diese grünen Stinkerlinge hier im Garten zu suchen? Dass sie seinen schönen Kompost überall verteilten, gefiel ihm gar nicht.
Vicky erklärte schnell: »Das sind meine Freunde, und meine Tante hat erlaubt, dass wir hier spielen.«
»Na gut, na schön«, brummelte Herr Weißbrot. »Vielleicht wollt ihr euch nützlich machen? Ich könnte ein paar Helfer gut gebrauchen.«
Das ließen sich die Olchi-Kinder nicht zweimal sagen.
Mit ihren kleinen Olchi-Händen hoben sie Erde aus und waren dabei viel schneller als Herr Weißbrot mit seiner Schaufel. Anschließend fällten sie einen morschen Baum, zersägten den Stamm in Windeseile und brachen die dicken Äste einfach mit den Händen ab. Das ging so leicht, als wären sie aus Styropor.

Der Gärtner stand staunend daneben, wischte sich den Schweiß von der Stirn und sagte: »Da wird doch der Fisch in der Pfanne verrückt. Ihr solltet wirklich öfter kommen. So gute Helfer hatte ich noch nie!«

Auch drinnen im Schloss passierte etwas Erstaunliches. Die Gräfin hatte ihre warme Kaschmirjacke angezogen und stieg mit Jakob in den Keller hinunter. Schon seit Jahren war sie nicht mehr da unten gewesen. Aber heute wollte sie unbedingt die Höhle besichtigen, denn sie hatte da so eine Idee ...
Jakob hatte eine starke Lampe mitgenommen und half der Gräfin über die steilen Stufen, die zur Teufelshöhle hinunterführten.
Sie schritten langsam durch die verschiedenen Räume, und Jakob leuchtete mit seiner Lampe die Wände ab. Aufmerksam betrachteten sie die vielen Tropfsteine und bestaunten die uralten Malereien.
»Hatte ganz vergessen, wie schön das alles ist«, murmelte die Gräfin.
Als sie an das Wasserbecken kamen, meinte sie: »Hier müsste ein Geländer angebracht werden.«
Nach einer Weile hatten sie genug gesehen. Die Gräfin beschloss umzukehren, und auf dem Rückweg erklärte sie Jakob ihren Plan.
»Ich werde die Teufelshöhle der Öffentlichkeit zugänglich

machen. Die Leute werden eine Menge Geld für die Besichtigung bezahlen, meinen Sie nicht?«
»Ganz sicher, Madam«, bestätigte Jakob.
»Soweit ich mich erinnere, gibt es einen zweiten Ausgang in der Nähe der Müllkippe. Dort werden wir ein Kassenhäuschen aufstellen. Aber den Zugang zum Schloss werden wir verriegeln. Ich möchte schließlich nicht, dass mir die Leute durch den Schlosskeller trampeln.«
»Selbstverständlich«, gab ihr Jakob recht.
»Die Leute werden in Scharen kommen«, überlegte die Gräfin. »Und das Eintrittsgeld können wir in die Renovierung des Schlosses stecken.«
»Und dann müssen Sie auch Ihr Grundstück nicht verkaufen«, sagte Jakob. »Und es wird kein Einkaufscenter in Schmuddelfing geben.«
Die Gräfin lächelte. »Sehr richtig, Jakob. Sie haben mich verstanden.«

Die Gräfin war eine Frau der Tat. Sobald sie etwas beschlossen hatte, sollte das auch möglichst schnell passieren. Eine Menge Dinge mussten jetzt in die Wege geleitet werden.
Als Erstes rief sie den Bürgermeister an. Der fand die Idee ganz ausgezeichnet, und er versprach ihr gern seine Hilfe.
Dann telefonierte sie mit ihrem Notar, denn der sollte den Grundstücksverkauf abblasen.

Und mit dem »Schmuddelfinger Anzeiger« sprach sie auch. Schon morgen würde in der Zeitung stehen:

Sensation in Schmuddelfing!
Riesige Tropfsteinhöhle entdeckt!
20 000 Jahre alte Malereien!
Was ist das Geheimnis der Teufelshöhle?

Als sie mit dem Telefonieren fertig war, ging es ihr richtig gut. Beschwingt lief sie in den Garten und erzählte Vicky und den Olchi-Kindern, was sie beschlossen hatte.
Vicky war erleichtert. »Das ist toll. Gustav und Robin und ihre Eltern werden froh sein, dass jetzt doch kein Einkaufscenter gebaut wird. Und in der Teufelshöhle kannst du dann Gruselführungen veranstalten. Da unten ist es nämlich schrecklich unheimlich.«
Auch die Olchi-Kinder freuten sich. »Muffel-Furz-Teufel, das wird krötig!«, riefen sie. »Wir verkleiden uns als Gespenster, verstecken uns da unten und erschrecken die Menschen.«
Tante Kreszentia lachte. »Aber es soll doch keine Geisterbahn werden! Die Leute sollen nur die Tropfsteine und die Höhlenbilder bewundern. Ich glaube, wenn wir in der Höhle erst einmal Licht installiert haben, wenn alles schön hell beleuchtet ist, ist es gar nicht mehr gruselig da unten.«
»Am Eingang kannst du dann Würstchen und Eis ver-

kaufen«, schlug ihr Vicky vor. »Und Tropfstein-Kugelschreiber und T-Shirts mit Höhlenbildern drauf. Oder Postkarten mit Gespenstern und Totenköpfen. So etwas kaufen die Leute immer gern.«

»Du hast ja tolle Ideen«, sagte die Gräfin. »Ich glaube, ich muss dich als Beraterin einstellen.«

Eine neue Olchi-Höhle?

Als die Olchi-Kinder gegen Abend wieder zu Hause waren, erzählten sie den anderen Olchis vom Plan der Gräfin.
Olchi-Papa meinte: »Es ist gut, wenn viele Menschen diese muffelfurzteufelige Höhle besichtigen. Dann können sie auch unsere Olchi-Höhle besichtigen. Sie dürfen uns dafür mit Fischgräten bezahlen.«
»Und mit krötigem Fahrradöl dürfen sie auch bezahlen!«, rief Olchi-Opa begeistert. Für ihn war Fahrradöl eine Delikatesse, aber auf dem Müllberg konnte er nur selten welches finden.
»Beim Gräterich, ich würde mir diese teufelige Höhle auch gern mal ansehen«, sagte Olchi-Mama. »Ich wüsste zu gern, ob sie so krötig ist, wie die Olchi-Kinder sagen.«
Auch Olchi-Oma fand die Idee gut. »Solange noch keine Leute da sind, steht die Höhle doch leer«, überlegte sie. »Wir könnten ein Weilchen da einziehen. Ich finde unsere Olchi-Höhle sowieso zu eng. Ich könnte viel mehr Platz gebrauchen für meine Sachen.«
Olchi-Opa schaute sie verwundert an. »Für welche Sa-

chen denn? Alles, was du brauchst, liegt doch draußen vor der Tür.«
»Eben!«, rief Olchi-Oma. »Wenn wir mehr Platz hätten, dann könnte ich jede Menge Müll in der Wohnung stapeln.«
Die Olchis fanden, dass Olchi-Oma gar nicht so unrecht hatte. Sie wollten sich die Höhle ansehen und gleich ein bisschen probewohnen.
»Also los, ihr Stinkeriche, worauf warten wir noch?«, rief Olchi-Opa und nahm seinen gemütlichen alten Ofen unter den Arm.
Olchi-Papa lief los, um seine rostige Badewanne zu holen. Die musste mit, denn er brauchte sie dringend für sein tägliches Müllbad.
Natürlich sollte auch Feuerstuhl mitkommen, denn die Olchis wollten sehen, ob er in die neue Wohnung überhaupt hineinpasste. Der Drache war ja schließlich ziemlich groß.
Die Olchi-Kinder packten ihre Schlafkisten auf die Schultern, und Olchi-Mama setzte Olchi-Baby in seinen Kinderwagen. Olchi-Oma wollte ihr altes Grammofon und die Schallplatte mit ihrer Lieblingsmusik mitnehmen. So zogen sie los.

Die Olchi-Kinder fanden den Eingang zur Teufelshöhle sofort wieder. Er war von Unkraut zugewuchert und recht schmal, und sie sahen sofort, dass der dicke Drache

leider nicht hineinpasste. Feuerstühlchen musste draußen bleiben, sich ins Gras legen und erst mal warten.
Aber die Olchis konnten bequem durch die Öffnung gehen, und sogar Olchi-Papas Badewanne passte durch den Spalt.
Im ersten Stück der Höhle war es ziemlich eng, aber weiter hinten sah es schon geräumiger aus.
»Die Höhle ist ganz lang. Sie führt bis zum Schloss«, erklärten die Olchi-Kinder. »Und weiter hinten gibt es Räume, die sind zehnmal so groß wie unsere Olchi-Höhle.«

»Nicht übel«, sagte Olchi-Mama und schaute sich erfreut um.
Alle schnüffelten neugierig herum, denn es roch schön olchig nach Feuchtigkeit und Moder.
»Krötig!«, lobte Olchi-Oma. »So viel Platz hier!«
Auch Olchi-Papa schien beeindruckt: »Schleimiger Käsefuß! Hier drinnen könnte ich mir eine herrliche Bastelwerkstatt einrichten.«
»Und die vielen schönen Fledermäuse an den Wänden!«, schwärmte Olchi-Oma. »Staubige Sumpfwurzel! Endlich haben wir ein paar Haustiere.«
Olchi-Mama wunderte sich: »Wieso? Zu Hause haben wir doch auch viele Haustiere. Wir haben Kröten und Ratten und Flöhe und Fliegen und ...«
»Trotzdem!«, rief Olchi-Oma. »Ich wollte schon immer mal so richtig viele krötige Fledermäuse haben. Mir gefällt es hier sehr gut!«
Sie legte ihre Schallplatte auf das Grammofon, drehte an der Kurbel, und schon schallte es durch die Höhle: *Brennend heißer Wüstensand, fern, so fern dem Heimatland ...*
Olchi-Oma sang kräftig mit.
Nur Olchi-Opa schien gar nicht begeistert. Er brummelte: »Na ja, ist alles nicht schlecht. Aber ich sehe hier leider überhaupt keinen Müll. Ist alles ziemlich sauber hier, findet ihr nicht?«
Jetzt merkten es die anderen auch. Daran hatten sie noch gar nicht gedacht.

»Stimmt«, sagte Olchi-Papa. »Kein Fitzelchen Müll liegt hier herum.«
Und Olchi-Mama meinte: »Zum Kochen ist das sehr unpraktisch. Dann müssen wir alles vom Müllberg herüberholen, wenn wir Hunger haben. Dazu hab ich nun wirklich keine Zeit.«
»Wieso hast du keine Zeit?«, fragte das eine Olchi-Kind verwundert. »Wir haben doch jede Menge Zeit.«
Das wollte Olchi-Mama nun gar nicht hören. »Wer hat eine Menge Zeit?«, rief sie. »Ich habe viel zu *wenig* Zeit! Wer kocht denn dauernd für euch alle? Wer verdreckt die Wohnung? Wer reibt Olchi-Baby mit Matsch ein? Wer wirft den Müll in die Badewanne? Wer kümmert sich hier um alles? *Ich!*«
Über so etwas hatten die Olchi-Kinder noch nie nachgedacht.
Und Olchi-Papa brummte: »So, so. Und wer tankt immer den Drachen auf? Ich!«
»Na und?«, rief Olchi-Mama verärgert. »Wer verteilt jeden Tag Staub im Wohnzimmer? Für so etwas hast du nie Zeit!«
Das eine Olchi-Kind versuchte, Olchi-Mama zu beruhigen: »Vicky hat noch viel weniger Zeit. Sie muss sogar so ein Uhr-Dings am Arm haben, da sieht sie immer nach, wie viel Zeit sie hat. Meistens hat sie gar keine, und dann muss sie sich schrecklich beeilen. Sie muss nämlich immer pünktlich sein.«

»Ja, pünktlich, pünktlich, pünktlich!«, bestätigte das andere Olchi-Kind und nickte heftig mit dem Kopf.
»Ach, du grüner Käsefuß!«, sagte Olchi-Mama. Sie hatte sich wieder ein wenig beruhigt. »Du hast recht. So etwas ist noch viel schlimmer.«
Plötzlich packte Olchi-Opa seinen eisernen Ofen wieder auf die Schulter. »Ich gehe jedenfalls zurück zu unserem Müllberg«, sagte er, und schon machte er sich auf den Weg nach draußen. »Hier gibt es keinen Müll, und wo kein Müll ist, ist kein Spaß. Wenn ihr mitkommt, ist es gut, wenn nicht, dann ist es auch gut.«
»Sei doch nicht so bockig!« Olchi-Oma versuchte, ihn am Jackenärmel zurückzuhalten. »Ich hab nur gesagt, dass es mir hier drinnen ganz gut gefällt.«

»Es gefällt dir also auch ohne Müll? Windiger Hühnerfurz, das ist ja ganz was Neues!«, rief Olchi-Opa.
»Ich will hierbleiben!«, kreischte Olchi-Oma.
»Ich nicht!«, raunzte Olchi-Opa. »Hier ist kein Matsch und kein Müll und überhaupt keine gute Stimmung. Und Feuerstuhl passt auch nicht rein.«
»Opa hat recht«, sagte Olchi-Mama. »Los, Kinder, wir gehen wieder heim.«
»Und was ist mit mir?«, meldete sich Olchi-Papa. »Grätige Furzläuse! Mich fragt wohl wieder keiner!«
Mit einem Mal war die schönste Streiterei im Gange. Die Olchi-Kinder mochten es gar nicht, wenn sich die erwachsenen Olchis stritten.
»Pampige Rostbeuleriche!«, kreischten sie. »Hört endlich auf!«
Olchi-Baby hatte angefangen, aus Leibeskräften zu plärren, und nun war die Stimmung in der Teufelshöhle endgültig beim Teufel, und alle hatten die Knubbelnasen gestrichen voll. Mürrisch machten sie sich auf den Rückweg zur Olchi-Höhle. Der Drache Feuerstuhl stapfte gähnend hinterher.
Doch je näher sie ihrer Olchi-Höhle kamen, desto besser wurde ihre Laune wieder.
»Käsefuß und Rattenbein, am schönsten ist es doch daheim«, meinte Olchi-Mama, als sie über ihren Müllberg stapften. Sie schob Olchi-Baby einen Schnullerstein in den Mund, und das Baby hörte auf zu kreischen.

Nur Olchi-Oma machte immer noch ein enttäuschtes Gesicht. Aber als Olchi-Opa sie lustig in die Seite knuffte und ihr einen feuchten Schmatzer auf die grüne Backe gab, da ging es ihr schon wieder besser.
Olchi-Papa führte Feuerstuhl wieder in seine Garage, und die Olchi-Kinder liefen zur Pfütze neben dem Bretterstapel, um ein bisschen mit den Kröten zu spielen.
Olchi-Oma ließ sich in die rostige Badewanne fallen. Sie brauchte jetzt dringend ein entspannendes Müllbad.
Olchi-Opa saß schon wieder auf seinem Ofen und brummelte vor sich hin: »Und für diese unkrötige Teufelshöhle wollen die Leute auch noch Eintritt bezahlen? Ich verstehe die Menschen manchmal wirklich nicht.«
Er hatte ein Stück von seiner Knochenpfeife abgekaut und zielte auf eine leere Dose. Er traf sie so hart, dass sie zur Seite flog und über den Fußboden schepperte.

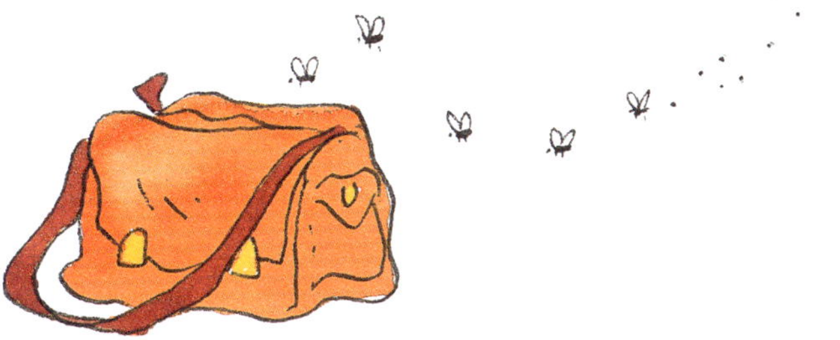

Vicky reist ab

Für Vicky war es Zeit, nach Hause zu fahren. Übermorgen fing die Schule wieder an, und sie freute sich schon darauf. Sie stellte sich die Gesichter ihrer Freunde vor, wenn sie ihnen von ihren olchigen Abenteuern erzählte. Bestimmt würden sie ihr erst mal nicht glauben, aber dann könnte sie ihnen die Fotos zeigen, die sie von den Olchis gemacht hatte.

Plötzlich fiel ihr siedend heiß ein: Sie hatte ja gar keine Fotos gemacht! Das hatte sie völlig vergessen. Ihre Mutter hatte ihr einen Fotoapparat mitgegeben, aber der lag immer noch irgendwo in ihrer Reisetasche. Als Vicky ihre Tasche packte, fand sie den Apparat in einem Seitenfach.

Als Erstes verabschiedete sie sich von Berta und Herrn Weißbrot.

»Besuch uns bald wieder«, sagte Berta zu Vicky und schenkte ihr ein großes Glas mit selbst gemachter Himbeermarmelade. »Das schmeckt ganz hervorragend zu Pfannkuchen«, meinte sie.

Herr Weißbrot sagte: »Danke für deine Hilfe im Garten«, und er drückte ihre Hand so fest, dass ihr drei Minuten und dreißig Sekunden lang die Finger wehtaten.

Sie verabschiedete sich auch von den sechs Hunden und

streichelte und knuddelte sie so lange, bis Tante Kreszentia sie zum Aufbruch drängte.

»Komm jetzt, Vicky. Du musst pünktlich am Zug sein. Am Ende verpasst du ihn noch.«

Vicky versprach den Hunden, bald wiederzukommen. Zu gern hätte sie einen von ihnen mitgenommen, aber ihre Eltern wollten keinen Hund im Haus.

»Wenn du wiederkommst, kannst du die Höhle noch mal ganz neu besichtigen«, sagte die Gräfin. »Bis dahin ist bestimmt alles fertig, und dann kannst du dich einer Führung anschließen.«

»Ich komme nächstes Jahr wieder«, versprach Vicky und gab ihrer Tante einen ungeschickten Kuss auf die Backe. Dabei rutschte der Gräfin die Brille von der langen Nase. Gerade so konnte sie sie noch auffangen.

»Ich hoffe, du hast dich hier bei mir nicht gelangweilt?«, fragte sie.

»Oh nein, gar nicht«, sagte Vicky. »Es war wirklich sehr nett!«

Sie lief zum Auto, Jakob folgte mit ihrer schweren Reisetasche. Tante Kreszentia blieb an der Eingangstür stehen und winkte ihr, bis das Auto um die Ecke verschwunden war.

Die Gräfin hatte leider keine Zeit, mit zum Bahnhof zu kommen. Sie war mit den Leuten vom Archäologischen Institut verabredet, denn die wollten heute Morgen die Höhlenbilder besichtigen.

Sie ging ins Wohnzimmer und setzte sich auf ihr feuerrotes Sofa. Bis die Leute kamen, wollte sie sich noch ein bisschen in ihre Kataloge vertiefen. Gleich im ersten Katalog entdeckte sie einen himmlischen Lammfellteppich. Wie gut würde der zum roten Sofa passen!
Die Gräfin seufzte. Den Teppich würde sie nicht bestellen. Sie hatte nämlich beschlossen, in Zukunft ein bisschen zu sparen und jeden Cent in die Renovierung ihres Schlosses zu stecken.
Aber Vicky hatte in zwei Wochen Geburtstag. Ihr wollte sie nun ein besonders schönes Geschenk aussuchen.

Als Jakob zur Hauptstraße hochfahren wollte, sagte Vicky zu ihm: »Wir müssen einen kleinen Abstecher zu den Olchis machen. Ich habe mich noch nicht von ihnen verabschiedet.«
Jakob runzelte die Stirn. »Das könnte knapp werden«, sagte er. »Dein Zug fährt um zehn Uhr zwanzig.«
Vicky schaute auf ihre Armbanduhr. Es war neun Uhr achtunddreißig.
»Das geht schon«, sagte sie. »Das schaffst du, du musst nur einfach ein bisschen schneller fahren.«
Jakob bog in die schmale Seitenstraße ein, die hinüber zur Müllkippe führte. Als sie dort angelangt waren, sagte er: »Bitte beeil dich. Wir haben wenig Zeit.«
Vicky rannte hinüber zur Olchi-Höhle. Sie wich einer öligen Pfütze aus und stolperte über einen rostigen Kübel.

»Du hast Glück!«, rief Olchi-Oma. »Ich habe heute fünf Stinkerkuchen gebacken. Setz dich an den Tisch, gleich gibt es Essen.«
»Das geht nicht«, sagte Vicky schnell. »Ich habe keine Zeit. Ich fahre heute heim, und bald geht mein Zug.«
»Wieso nimmst du einen Zug?«, wunderte sich Olchi-Papa. »Wir können dich doch mit Feuerstuhl heimfliegen. Unser Drache fliegt viel schneller als ein Zug. Das ist gar kein Problem.«
»Vielen Dank, aber ich bleibe lieber unten auf der Erde«, sagte Vicky.
Das eine Olchi-Kind drückte Vicky ein verbeultes Stück Rohr in die Hand.
»Das ist für dich«, sagte es. »Wir haben es für dich gebastelt.«
Verdutzt schaute Vicky auf das gebastelte Olchi-Geschenk. An das Rohr waren vier kurze Hölzer geschraubt, vorn war ein kaputter Ball befestigt, und hinten hing eine dicke Schnur heraus.
»Das schenken wir dir«, erklärte das andere Olchi-Kind. »Es ist ein Müllhund.«
»Super«, sagte Vicky. »So einen hab ich noch nie gesehen. Bei einem Müllhund-Wettbewerb gewinnt er bestimmt den ersten Preis.«
»Warte, ich hab auch noch was für dich!« Olchi-Mama lief in die Olchi-Höhle und kam mit einem riesigen schwarz verbrannten Kuchen zurück.

»Grätiger Stinkerkuchen!«, sagte sie stolz. »Den darfst du auch einpacken.«
Das Ding roch nach verbrannter Schuhcreme.
»Er ist ein bisschen groß«, meinte Vicky. »Den kann ich schlecht mitnehmen.«
Doch dann hatte sie eine Idee. »Jakob soll den Kuchen meiner Tante bringen. Vielleicht mögen ihn die Hunde.«
Die Olchis begleiteten Vicky zum Auto. Olchi-Mama klopfte an die Scheibe und wollte ihren Kuchen Jakob gleich durchs Fenster werfen.
»Moment!«, rief Jakob. Er stieg schnell aus dem Wagen und verstaute den Müllhund und das schwarze Stinkerding hinten im Kofferraum. Zum Glück krümelte es nicht.
Dann verabschiedeten sich die Olchis von Vicky.
»Nächstes Jahr besuche ich euch wieder«, versprach Vicky den Olchi-Kindern.
»Schleime-Schlamm-und-Käsefuß«, sagten die Olchi-Kinder. »Und dann gehen wir wieder Gespenster suchen. Das war krötig!«
Als Olchi-Mama Vicky zum Abschied umarmte, musste Vicky die Luft anhalten.
»Jetzt hätte ich es fast schon wieder vergessen«, sagte sie. »Ich wollte doch noch Fotos machen. Ich will sie zu Hause meinen Freunden zeigen. Wenn ihr wollt, schick ich euch gern ein paar. Habt ihr E-Mail? Ach, Quatsch, natürlich habt ihr so was nicht.«

»Wie ist denn eure Adresse?«, fragte Jakob, der alles mit angehört hatte. »Vicky kann euch die Bilder mit der Post schicken.«
Olchi-Opa sagte: »Olchis – Olchi-Höhle – Müllplatz – Schmuddelfing.«
Jakob zog die Augenbrauen hoch und schaute schon wieder auf seine Armbanduhr. Aber er öffnete den Kofferraum noch einmal, und Vicky konnte in ihrer Reisetasche nach dem Fotoapparat kramen.
Sie knipste ein paar lustige Bilder von der Olchi-Familie, anschließend ein paar Bilder von den Olchi-Kindern

allein, und dann wollte sie, dass Jakob noch ein Bild von ihr machte, zusammen mit den Olchi-Kindern.

Normalerweise war Jakob so geduldig wie eine Schildkröte. Doch jetzt wurde er langsam wirklich unruhig. Er hatte der Gräfin versprochen, Vicky pünktlich zum Zug zu bringen.

»Schluss jetzt!«, rief er. »Vicky, bitte steig in den Wagen, wir fahren los!« Er nickte den Olchis zu, sagte: »Auf Wiedersehen, vielen Dank!«, und klemmte sich wieder hinters Steuer.

Auch Vicky stieg ein, und Jakob gab kräftig Gas, denn es war inzwischen fünf Minuten nach zehn. In fünfzehn Minuten ging der Zug.

In Schmuddelfing stellte er den Wagen direkt vor dem Bahnhof ins Parkverbot, lief nach hinten und nahm Vickys Tasche aus dem Kofferraum.

Um zehn Uhr siebzehn hasteten sie die Stufen zum Bahnsteig hinauf. Jakob schnaufte zwar nicht ganz so laut wie der Drache Feuerstuhl, aber immerhin, er war ganz schön außer Puste.

Als sie am Bahnsteig ankamen, hatten sie noch genau eine Minute Zeit.

Vicky schaute zur Anzeigentafel hoch: Der Zug hatte fünfunddreißig Minuten Verspätung!

Jakob ließ sich auf eine Bank plumpsen und schüttelte den Kopf. »Wir hätten uns gar nicht so zu beeilen brauchen.«

»Siehst du«, sagte Vicky, »manchmal ist es gut, wenn man etwas unpünktlich ist. Und Züge sind zum Glück meistens unpünktlich.«
»Du hast recht«, sagte Jakob. »Da wir nun so viel Zeit haben, können wir dir noch ein bisschen Reiseverpflegung kaufen. Wie wäre es mit einem Brötchen und Limonade? Und vielleicht eine Tafel Schokolade?«
»Muss nicht sein«, antwortete Vicky. »Wir haben ja den Olchi-Kuchen im Auto. Holst du ihn mir bitte? Vielleicht nehme ich doch ein Stück.«
Jakob schaute Vicky ungläubig an. Dann fingen beide an zu lachen. Einen Moment lang hätte er ihr fast geglaubt.